W0356233

L'UN DES TIENS

THOMAS SANDS

L'UN DES TIENS

EQUINOX
LES ARÈNES

« Je suis parmi les miens
avec un couteau pour les agresser.
Je suis parmi les miens
avec un couteau pour les protéger. »

KAFKA

« Ce que la nature n'aurait obtenu de notre raison,
elle l'obtient de notre folie. »

FONTENELLE

« L'univers n'a point d'affections humaines,
toutes les choses du monde
lui sont comme chiens de paille. »

TAO-TE-KING

1

Il quitte son repaire peu avant trois heures. Seul le ciel l'éclaire. La lune tapisse son chemin d'éclats. Le froid est vif, tranchant. Lorsqu'il expire, un léger nuage s'échappe de ses lèvres. Il règle son souffle, s'économise. Il garde ses forces pour le rocher. Il place avec précision ses chaussures dans la terre et la neige. Abandonne l'obscur au creux de la vallée. Aucune autre pensée que celle-ci : marcher. Les souvenirs, les blessures, les difficultés n'assiègent pas seulement l'esprit, ils encombrent la poitrine, épaississent le sang, ralentissent l'oxygène. La montagne exige un homme dénoué.

Il fait attention à l'écartement de ses pieds. L'un ouvert, l'autre droit, ils doivent s'aligner sur la largeur du bassin. Ce sont des détails. Ses gammes. Voilà ce qu'il aime dans l'approche : elle est utile, elle le prépare. Apporte le calme avant le jeu de vérité. Dans son dos : du matériel d'alpinisme, un fusil solidement sanglé.

Timothée marche depuis un long moment. Ses yeux se sont habitués à cette sorte de pénombre limpide qui précède le jour. Lorsqu'il avance sous les arbres, la neige dessine entre les troncs une voie de nacre. Il se dirige vers les Tenailles. Les heures, les minutes, les secondes deviennent distance. Autant de mètres, de pas, d'efforts avant d'atteindre la paroi, le glacier, le sommet peut-être. Il prend sa place dans la nature, la sauvagerie. Attentif aux murmures, aux frémissements. Le bois craque. Il est déjà aux aguets. Peut-être l'annonce d'une chute d'arbre. Brusques mouvements d'ailes, les derniers oiseaux s'affolent. Ils sont devenus si rares. Plus tard, il sortira son carnet, notera l'heure de l'envol. La météo va changer. Le vent se calme ? Alors une fenêtre s'ouvrira et il pourra grimper. La montagne le guette et l'attend. Pour l'instant, les Tenailles se dérobent encore. Mais il sent leur présence. Aussi celle des loups.

On ne trouve plus nulle trace de lui dans les registres, les fichiers, le nuage. Il est parvenu à disparaître. Cela s'est fait naturellement, et la lente débâcle du monde l'a aidé. Les milliards de données effacées par les grandes pannes informatiques, la pénurie d'eau entravant le refroidissement des *data centers*, les coupures électriques, espacées d'abord, puis plus fréquentes, pratiquement quotidiennes enfin, les ruptures de connexion de la septième génération d'Internet et l'embargo sur les énergies non renouvelables – pratiquement épuisées – sont devenus ses alliés.

Peu avant, convaincu de l'inanité, de la vacuité, de la fragilité même du système chargé de régir leurs existences, il avait cessé d'utiliser sa carte de crédit pour payer ses achats, vidé ses comptes avant qu'il ne soit trop tard, effacé toutes ses données personnelles, détruit son laptop, son smartphone. Puis il était rentré en résistance. Il n'avait pas trente ans. Car, au début, il ne s'agissait pour lui que de cela : faire sécession. S'écarter du monde pour vivre. Se perdre au fond des chemins, puis s'élever vers les hauts plateaux, approcher des sommets. Il savait les vallées désertées, les bergeries, les baïtas abandonnées depuis l'annonce des épidémies qui décimeraient bientôt les grands troupeaux. Le droit d'usage serait pour lui et vaudrait propriété : il pourrait s'enraciner. Il n'avait plus de famille depuis plus longtemps encore, l'avait abandonnée derrière lui.

Il a pris tout son temps avant de gagner la frontière. Évitant les villes, les agglomérations, les ronds-points. Il avait dissimulé les enveloppes de billets sous les planchers de son antique Land Rover, un *châssis long* débarrassé des banquettes arrière, au creux des portières, derrière la garniture du plafond. Il les dépenserait peu à peu avant qu'il ne soit trop tard, qu'ils ne soient totalement retirés de la circulation. Sur la route, s'interdisant tous les raccourcis, les axes principaux, les péages, il croisait à l'écart et s'arrêtait seulement pour constituer ses provisions. Il achetait outils et pièces détachées, jerrycans d'essence et d'huile d'arachide, foreuses et pals, scie égoïne, graines pour ensemencer sa terre, pastilles pour purifier les eaux vives, les eaux stagnantes, bonbonnes de gaz pour son réchaud de camping. Tout ce dont il aurait besoin pour l'autarcie. Aucun de ses achats ne dépassait la limite légale de sept cent cinquante euros. Il donnait un faux nom pour la facture, différent à chacun des commerçants. Il rangeait le tout dans de vastes cantines métalliques et tirait une bâche épaisse sur l'ensemble.

Bientôt, il n'eut plus d'autre place pour dormir que le toit du véhicule. Il avait aménagé celui-ci à cet effet. Il suffisait de déployer la tente rivée au pavillon, de dérouler son sac de couchage avant de s'y glisser. Il choisissait chaque soir un endroit reculé d'où cependant il était facile de s'extraire, de s'échapper en cas d'assaut. Jamais sur les berges d'une rivière – que les crues soudaines, devenues violentes ces derniers temps, menaçaient inexorablement. Chaque fois, il était frappé par le silence. Les chants d'oiseaux avaient déserté le soir.

Six semaines après son départ, il touchait enfin au but. Il entraîna le van au plus haut du chemin carrossable. Dut rapidement renoncer. Le poids du Land, trop élevé, l'empêchait de gravir l'escarpement. Alors il le dissimula sous les pins cembro, à la lisière du plateau. Quatre jours lui furent nécessaires pour rassembler toutes ses affaires au pied de la ruine, dissimulée sous les ronces, qu'il s'était attribuée.

Rester à l'affût, aux aguets, voilà ce qu'il préfère. Disparaître au cœur du temps, et guetter l'apparition. Quelques jours avant son installation, il prépare sa hutte. Entre les rocs, une faille lui suffit. Quelques branchages, une toile de bâche dont la couleur oscille selon la lumière entre le gris et le vert. Une couverture de survie, un morceau de viande séchée, une tranche de pain sortie la veille de son four en pierre, sa thermos de *thé* – une infusion des herbes de montagne qu'il cueille à chacune de ses sorties. Son fusil, parfois. Il ne vient pas seulement pour chasser, mais pour observer, s'immiscer au cœur du monde sauvage. Ce qu'il aime plus que tout, c'est se fondre dans la roche, dans la montagne même. Pareil à une espèce de sédiment. C'est comme revêtir un manteau de sensations pures, d'odeurs, de mouvements.

Il lui arrive de manquer de prudence, de rester longtemps dans le froid, saisi par la bise, la neige, la pluie. Parfaitement immobile, engourdi, il pourrait s'éteindre là. Ses orteils ont gelé lors d'une sortie mal maîtrisée, et il a cru qu'il les perdrait. L'attente l'avait absorbé, presque aboli. La beauté de l'attente. Sa noblesse. C'est un don de soi, tout à fait désintéressé. Si loin du monde d'avant le grand nivellement, quand chacun courait dans tous les sens, jamais satisfait, jamais repu, taraudé par une fièvre qui ne retombait pas, une soif impossible à étancher. Un monde épileptique et infantile à la fois, que ses caprices avaient mené à la chute. À la folie.

Au plaisir dévoyé en jouissance, Timothée oppose la liberté de ne rien obtenir. Cette douceur-là, sans amertume : accepter ce que la nature, le hasard, vos propres erreurs aussi auront décidé. Attendre. Dans le silence. Le froid. Parfois, ce n'est qu'une ombre. Cela suffit à son bonheur. Il est vivant. Pour ce qui le concerne, là est le secret de l'existence : dans le miracle de la rencontre.

Timothée sait lire le paysage, décrypter son territoire. Isoler un couloir d'avalanche, une saignée entre pics et parois. Détecter les endroits où le sauvage passera. Les tétras, les grues ont presque disparu. Les derniers lynx ont rejoint le cœur inaccessible de la montagne. Ils manquent déjà de proies, ils sont condamnés. Parfois, il observe quelques chamois, une maigre harde de chèvres sauvages. Certaines sont si faibles que les derniers charognards planent déjà au-dessus d'elles, suivent leur trajectoire hésitante. Les bouquetins s'en tirent mieux, capables d'accéder aux fragments d'herbe entre failles et crevasses, juste à l'orée du vide.

Certains matins, il distingue dans sa lunette le cadavre d'un bouc, d'un chamois dévoré par les loups pendant la nuit. Cela le remplit d'un plaisir sans mélange. D'une pureté aride. Lustrale. La liberté violente, la sensualité dans le sang, la grâce et la puissance, voilà ce qu'il éprouve. Tout ce à quoi les hommes ont renoncé par faiblesse et goût de l'inutile. Ainsi, lorsque apparaissent les loups dans la désolation glaciale des sommets, il connaît la solitude, la gloire, le silence.

Timothée n'emporte pas toujours ses armes. Il en fait seulement usage pour prélever ce dont il a besoin. Parfois, il chasse aussi pour ceux du hameau voisin. Quatre chalets de pierre, des toits de tôle, des pierres disjointes, une bergerie pour les animaux – trois chèvres, quelques poules, une poignée de moutons en sursis depuis longtemps. Il ne les laisse jamais approcher ses deux fusils, sa carabine. Si les armes entraient en leur possession, il ne leur serait plus d'aucune utilité, et ils le tueraient. Timothée les dissimule dans une anfractuosité, entre roche et glace, sous la surface du torrent, un étui étanche les protège. Impossible de les discerner.

Peu de temps après son installation, c'est à eux, trois hommes, trois femmes, cinq enfants, qu'il a acheté les cinq moutons, les trois chèvres et les dix poules qu'il élève aujourd'hui. Aussi les bocaux de légumes et de fruits qui lui ont permis d'améliorer un peu son ordinaire en attendant que prennent ses premières semences. Ceux-là ne comprennent pas son goût pour la solitude. Ils souffrent de l'isolement et le mal des montagnes les condamne aux migraines, aux nausées. Ils guettent sans cesse l'écran des smartphones auxquels ils n'ont pas encore renoncé, espérant un retour à la normale, à leur vie d'avant. Il leur est impossible de saisir qu'il ait voulu quitter cette vie-là précisément. Qu'il s'éloigne du monde pour se retrouver seul. Seul n'est pas exact. Car il se sent vivre *avec* et *parmi*. La nature, le monde sauvage, les plantes, les derniers insectes aussi. Il en tient chaque soir le registre.

Il quitte rarement son territoire. La dernière fois, un événement l'a déstabilisé. Un véhicule autonome sillonnait les rues du bourg, équipé d'un système de caméras optiques, de capteurs thermiques. Google annonçait son retour. Les derniers géants du numérique veulent encore donner l'illusion d'avoir la main. Ainsi, parfois, ils envoient leurs derniers véhicules en patrouille afin de poursuivre la cartographie digitale du monde. Son quadrillage, plutôt. Depuis qu'ils avaient échoué à se substituer aux États, ils étaient devenus leurs meilleurs séides. Ils ne menaient rien d'autre à présent qu'une vaine opération de recensement, de flicage. Toutes silhouettes, tous visages capturés dans leurs champs, leurs faisceaux seraient numérisés, classés, répertoriés. Confrontés à ce qu'il subsistait des anciens fichiers d'identité. Ce que Timothée a éprouvé alors, c'est la longe, le licol retrouvés. La sensation d'être tenu, sous surveillance. Tout ce qu'il avait fui le rattrapait. La vie des centres-villes, la vanité, la vacuité, ce confort émollient, cette sécurité factice qui avaient laissé sans énergie, sans conscience, sans défense une population finalement soumise. Ses années de *réussite* après celles passées parmi les Compagnons du devoir. Plutôt que de travailler de ses mains, il avait rejoint un cabinet d'architecture, de design inutile. Longtemps, il avait travaillé à une aberration : la maison connectée. Reliée à des terminaux qui la maintenaient sous le joug de la transparence. Des maisons de verre. Il avait contribué à la fabrication du vide. Avait collaboré à la création de quartiers protégés, de résidences sécurisées qui seraient bientôt obsolètes, bientôt balayés.

L'hiver, le froid, la solitude... Comme il n'a rien oublié, il a vite retrouvé ses marques, et cela le surprend parfois. Soudain, quelques souvenirs affleurent, comme les fleurs sous la neige, jadis. Il rentre alors, pour quelques minutes, dans la maison de l'enfance. Il revoit ses premières années à la campagne, les parties de foot jusqu'au soir, les balades dans les bois où il finissait par se perdre, exprès, afin d'échapper à ses parents, à son frère, à ses amis. Voir s'il pourrait retrouver seul son chemin. Une enfance très pure, que lavaient encore les grands froids au cœur de l'hiver lorsque le thermomètre éclatait aux fenêtres. Il sortait alors que la température descendait à moins 20 °C. Il marchait longtemps dans la poudreuse, pistait les renards, leurs traces gelées à l'orée des bois. Quand le soleil montait, l'ombre des arbres couvrait de bleu les vastes champs de neige qui s'étendaient du plateau de Langres jusqu'à la Marne. Il était seul au monde, parfaitement serein. Ce n'est qu'au printemps qu'il rassemblait ses troupes. Les gamins du village, ceux des villages alentour, Auxillanges et Châtillon, leurs yeux clairs et leurs joues rougies par la brise, leurs cris d'Indien au fond des prairies. Il les réunissait pour un jeu de piste, une poursuite à travers les vallons, et on l'appelait parfois capitaine.

L'été, Timothée passait ses vacances dans le Vercors, son père payait au dernier moment la cotisation au Club alpin, les assurances, le car, un peu d'argent de poche aussi, pas grand-chose, mais quand même, deux ou trois billets de dix euros pour le mois entier. Les grandes parois de calcaire, la poussière de roche dans les cheveux, le parfum de la pierre. On ne pouvait pas l'arrêter, il se mettait en danger, inventait des prises pour se tirer d'affaire, les moniteurs devaient le retenir. Il n'en tirait aucune fierté, le bonheur se trouvait là, entre le sol et le ciel.

Puis les souvenirs se détachent, comme les séracs sous le premier soleil. Tout ceci n'a aucune importance. Rien ni personne ne lui manque. Excepté son frère. Excepté Marie-Jean.

Il s'arrête un moment, dort une dizaine de minutes au creux d'un vallon. Le murmure d'une source l'accompagne dans son sommeil. Il reste encore un peu d'eau pure par ici. La montagne, la nature le recueillent depuis plus de deux ans maintenant. Il a trouvé refuge dans les bois, près des ruisseaux, au pied des gros rocs de calcaire qui jalonnent le chemin jusqu'aux Tenailles. Il pense que la montagne fait de lui un homme libre.

À présent, il peut les voir. Elles le fascinent. Cette tête d'humain, en aval, à 2 689 mètres, dessinée dans la roche. Puis la tête d'amont à

2818 mètres, et le paysage, juste au-dessus de la crête. Son regard suit cette ligne, qui va des aiguilles jumelles jusqu'au pic de l'Envitso. 2825 mètres. Il a noté dans son carnet chaque détail de topographie. Il ignore pour quelles raisons il tient ce journal étrange, pour qui. Il n'y a plus personne dans sa vie, c'est ce qu'il a voulu et accompli. Faire le vide autour de lui. Le jour se lève, l'éclaire davantage à chaque seconde. Timothée observe la paroi. Il la connaît bien, il est convaincu aussi qu'il ne sait rien d'elle. C'est une étrangère. Chaque course est un dialogue inédit. Ce qu'il préfère dans la montagne ? Sa froide indifférence.

2

Marie-Jean conduit une voiture volée. Une longue traîne écarlate repeint la plaine. L'horizon, lui, reste pris dans les brumes. De grandes herbes dansent dans le vent. Les accotements, les fossés sont en friche. Le soir tombe, il conduit trop vite, et rien ne l'apaise. Il a mal aux yeux, accélère encore. Tout le nord, tout l'est du pays le poussent en avant. Ce qui fut les Hauts-de-France, les Ardennes, à présent disloqué. Il serre le volant, ne veut plus s'arrêter. Le tumulte du moteur, les trous d'air, les cahots sur le bitume défoncé. Les ornières. À main gauche, les étendues désertées. Des entrepôts, des gares, des centres commerciaux à l'abandon. Des semi-remorques, toutes portes ouvertes, laissés là – inutiles. Certains ont été incendiés, et l'odeur de gomme brûlée flotte encore dans l'air, s'immisce par la fenêtre entrouverte. Et tout ça, la vitesse, le bruit, la nuit qui s'agite en violents tremblements avant de s'écarter devant lui, sonne comme un appel terrifiant. Une autre vie s'offre soudain, peut-être. Il conduit depuis trois nuits et deux jours.

Il dépasse des stations de péage vandalisées, dont il ne reste pratiquement rien. Tout autour, le bitume a fondu sous la violence des brasiers. Des images d'émeutes surgissent alors. Pillages, razzias, le pays mis à sac. Les réduire au silence, que la vitesse les étouffe. Le présent et rien d'autre.

Maintenant, il avance à l'écart de l'autoroute. Un barrage coupant les quatre voies, une barricade cinglée de sang l'en ont détourné. Il a bifurqué vers un chemin de traverse avant de regagner la première départementale. Il roule à faible allure, sur son élan, pendant quelques kilomètres. Presque apaisé. L'un des derniers bosquets épargnés ondule sous la brise, devant ses phares, juste à l'instant de négocier un virage. C'est là qu'il la voit, sa silhouette saisie dans les faisceaux blancs de la bagnole, capturée et puis rendue à la ténèbre. Il file un grand coup de volant, un autre, il manque la renverser, une embardée sur le bas-côté, le moteur cale et lui ne bouge pas, la fatigue, la peur, il a besoin d'un moment avant de s'habituer au silence. Peu à peu, au-delà du pare-brise, les formes, les contours deviennent plus précis, des cheveux blonds, une flamme tremblée. Il redémarre, marche arrière.

– Tout va bien ?

Pas de réponse, elle a un vague sourire, elle tient des fleurs à la main, un bouquet désordonné, à peine cueilli, porte une jupe longue, des tennis sans lacets. La rosée du matin a déposé une pellicule humide sur le coton et les chaussures, de la poussière, de la boue s'y collent aussi.

Derrière elle, les herbes couchées sur une cinquantaine de mètres ouvrent un chemin jusqu'au mobile home dont l'unique fenêtre éclaire un pan d'obscurité.

– Vous êtes perdue ?

Marie-Jean s'est approché doucement. Aucune réponse, la femme se dirige vers le fossé de l'autre côté de la route. Entre les herbes, il distingue trois croix, très blanches, des étoiles blêmes reléguées à terre. Il la voit s'agenouiller, remplacer un vieux bouquet par des herbes fraîches, un peu de couleur avant l'aurore. Un murmure s'échappe de ses lèvres, un bourdonnement, une plainte emportée par le vent, que peut-on dire à des croix plantées au bord de la route ? Un camion soudain, le tumulte, le métal qui souffre, hurle, un fracas qui se tord, le chauffeur ne l'a pas vue.

Elle réapparaît enveloppée d'un nuage de poussière grisâtre qui l'exile du paysage, la nuit veut la retenir. À nouveau, elle traverse, lance un peu plus loin le bouquet fané qu'elle tenait encore à la main, l'aube les éclaire un instant, Marie-Jean aperçoit une multitude d'autres bouquets défaits, puis le jour se dérobe derrière les nuages, les laisse aveugles, il ne subsiste que sa voix très pâle.

– Vous voulez entrer un moment ?

Il accepte d'un signe de tête et la suit sur le chemin qu'il devine, l'accompagne parmi le vent, les herbes allongées. Une atmosphère étrange s'échappe de la caravane, une impression de confinement, de temps arrêté, suspendu comme un couperet. Une ampoule nue flotte au plafond, la lumière accroche mal, dérape sur la figure de l'inconnue. Un visage figé, des rides au front, au coin des yeux, à la commissure des lèvres tombées, creusées profondément, immobiles, que son pauvre sourire ne parvient même pas à faire frémir, quelque chose de mutilé, de scarifié. Et ces yeux trop grands, comme dessillés de force, qui donnent le sentiment de s'être écarquillés un jour pour ne plus jamais se refermer. De l'eau tremble sur un réchaud à gaz, la bouilloire siffle, un jet de vapeur monte dans la pénombre. Sur une étagère de bois clair, le téléviseur, un lecteur de DVD, Marie-Jean lit les étiquettes, « Paris 2007, Puy du Fou 2012, Cantal 2009, Noëls », la prise de la télé est débranchée, il n'y a pas de piles dans la télécommande du lecteur, le boîtier traîne ouvert sur la banquette de velours marron. Il n'y a plus de piles nulle part, de toute façon. Partout des magazines, des coupures de journaux, des faits divers et la vie de vedettes froissées, oubliées, inconnues.

Elle sert le café dans des tasses en porcelaine dépareillées, achetées en magasin discount. Leur gravure d'or factice s'efface comme les décalcomanies, les soucoupes ont perdu de leur vernis aussi, elles ont l'air sales, teintées de brun aux rebords. Marie-Jean fait quelques pas dans la caravane, s'arrête près du lit. Une couverture rouge tirée sur l'oreiller unique, une table de nuit, encore des fleurs séchées, et trois photographies. Un homme s'affiche fièrement, deux fillettes au teint clair qui sourient, gauches, à l'objectif, timides, charmantes. L'une d'elles vient de perdre ses dents de devant, elles ressemblent à la femme, alors Marie-Jean entend la voix derrière lui :

– Vous alliez où comme ça ?

– Disons que j'ai envie de laisser faire le hasard.

– Je peux comprendre, enfin je crois.

Marie-Jean se reproche ce mensonge. D'une certaine façon, il sait très bien où il va, ce qui l'attend probablement, et pourquoi. Sa longue marche vers la ligne de front. Vers un visage, une présence, un deuil à refermer enfin. Ne rien dire, ne rien concéder.

Son regard s'arrête sur les photos, le cadre doré, les sourires édentés lumineux, et une sorte de silence se répand alors, plus sourd, plus profond, presque insoutenable. Le bruit d'une sirène au loin fissure le malaise, les voilà rendus à la litanie des secondes, des minutes incertaines, à la lumière terrible de la caravane, ce néon qui n'abandonne au mystère, à l'ombre, aucun territoire, nul refuge. Les voilà tels des insectes cloués.

– Mes filles. Jennifer et Cathie. Lui, c'est mon mari. Jean-Pierre, JP. Ils sont morts il y a deux ans, pendant les troubles. Lynchés. Là, juste à côté, où vous m'avez vue avec les fleurs. Les croix, c'est pour eux.

Il n'y a aucune émotion dans sa voix, elle est atone, désincarnée.

– Je me suis installée ici, j'ai nulle part où aller sans JP et les filles.

Alors, il sort la photo de sa poche. Un fragment de montagne, un clocher tors sur la place floue d'un village. La devanture d'une épicerie, le fronton d'une école dans le coin droit de l'image. Une vague silhouette. Elle prend la photo, la pose sur la table de camping. Lorsqu'elle se penche, Marie-Jean distingue un sein semé de taches de rousseur dans l'échancrure de son tee-shirt. Elle ne s'en rend pas compte, s'en fout.

– Je ne connais pas cet endroit… C'est là que vous voulez aller, n'est-ce pas ? C'est vous qui êtes perdu…

Comment lui expliquer qu'il veut l'errance, la sensation de se perdre, de s'évanouir ? L'oubli.

Une autre lumière éclaire son visage, les lueurs rouges d'un gyrophare, la sirène se tait, les portières claquent, Marie-Jean discerne la silhouette des uniformes derrière la vitre de plastique, leurs képis. Il se rétracte imperceptiblement, ils frappent à la porte de la caravane, il va leur ouvrir, ne sait pas ce qu'il va pouvoir leur raconter. La liberté d'aller et venir est un rêve ancien désormais. Il n'a pas le droit d'être ici, si loin de sa base administrative, de ce qu'il reste de son Carré assigné.

Elle lui parle encore :

– Pour votre village, j'irais vers le sud-est, la frontière. À cause du clocher…

Ils l'ont emmenée avec presque de la douceur, entre la crainte et le regret, ne pas toucher le malheur, ne pas blesser la douleur des autres, la crainte qu'elle vous atteigne aussi. Ce n'est pas la première fois qu'ils l'arrêtent, mais elle revient toujours, c'est ce qu'ils expliquent, il faudrait qu'elle suive un traitement, ou qu'on la place en HP, elle n'a aucune couverture sociale, alors... Et puis, les hôpitaux sont devenus prisons, centres de rétention pour migrants, pour émeutiers, depuis un an ou deux. Marie-Jean les suit à l'extérieur, il voudrait faire un geste, lui dire un mot, il n'ose pas, demeure interdit. C'est la femme qui se retourne à l'instant de monter dans la voiture, le gendarme qui la tient par le bras ne l'en empêche pas, c'est elle qui se retourne vers Marie-Jean.

– Sybille... Mon nom, c'est Sybille.

Enfin, elle disparaît à l'arrière de la Renault hybride bleutée. Seules les forces de sécurité ont désormais assez d'électricité pour rouler longtemps. Marie-Jean regarde les lueurs du gyrophare s'éteindre peu à peu, le vent emporte la rumeur de la sirène, le voilà rendu à lui-même, les flics ne lui ont rien demandé, même pas ses papiers, ils n'aiment pas trop leur boulot, ce matin. Eux aussi sont exténués. Ils sont devenus cibles. Beaucoup sont tombés pendant les troubles. Beaucoup ont déserté. Marie-Jean rejoint le chemin, la fatigue l'envahit d'un coup, c'est comme une crue qui enfonce la digue, les piles du pont.

3

C'est un message relayé sur les murs, une invitation codée. Des émojis trash, un espéranto pour initiés, les marginaux en maraude. Elle s'y rend chaque fois, ne sait pas pourquoi, elle s'y fait prendre par des filles, des garçons, des trans qui la blessent, montés comme des ânes. Des inconnus. Elle change d'identité. C'est sous le périph à la Villette, ce qu'il en reste, un squat de béton, ou bien une gare condamnée, une imprimerie chômée, des entrepôts à l'abandon en zone grise intermédiaire, rase campagne, jachères de ciment, d'herbes folles. Elle adore prendre un minibus, un car de fortune, se rendre là pour la nuit. S'y rendre, oui. C'est toujours une forme de reddition, ce qu'il faut sacrifier dans la joie pour gagner sa propre liberté. C'est une guerre d'indépendance, si l'on veut. Une guerre intime, la seule guerre civile qui vous exalte, qui vous abatte. Une jeunesse se tient en joue chaque nuit. Voilà tout ce qui lui reste.

Ce soir-là, juste avant vingt et une heures, le message s'affiche sur la paroi de la station désaffectée Saint-Denis. Elle décrypte : Gare de Gif avant 23 h 45 : dernier convoi. Rien d'autre. Un seul conseil : apporter à boire, de quoi se couvrir, de quoi tenir toute la nuit aussi. Rien ne sera fourni sur place. Ni bar, ni trafic, ni capotes. Un ordre aussi : silence radio jusqu'à l'arrivée au site.

Elle se prépare : tanga, jean slim noir, boots. Ses seins libres sous le débardeur blanc. Un vieux cuir sur les épaules. Le trait de khôl aux paupières. Ses cheveux ras, coupés depuis si peu, une seule créole – oreille gauche. Les ongles peints. Noir de jais. Rien ne brille sur son corps, elle irradie. Son élégance, c'est l'énergie brute qu'elle distille, qu'elle est prête à offrir, à partager. À dévoyer.

Une vieille camionnette l'attend, avec d'autres, à la sortie de la gare, les laisse en lisière de forêt un quart d'heure plus tard. Ils marchent sans un mot, sans un bruit, parmi les branches, les ronces, le vent froid. Une torche les éclaire faiblement. Ils sont une dizaine, entre seize et cinquante ans à vue de nez, tous genres. Visages encore dissimulés sous les capuches des sweaters, la visière des casquettes, un casque de moto. Certains portent de grands manteaux, ils masquent encore leurs vêtements de fête. Par instants, un bois mort craque sous leurs pas, ils s'immobilisent quelques secondes avant de repartir. Puis soudain une autre torche les fauche en pleine gueule. Un homme vient à leur rencontre, peut-être trente ans, il les mène jusqu'à la fête. Leur explique à voix basse le principe du PériEnd.

Puis une énorme bouche noire les recueille. C'est un tunnel. Ce qui la saisit d'abord, c'est l'odeur de pisse, de chiottes improvisées qui menacent de débonder. Puis celle de pourriture, de champignons, d'humus longtemps retenu sous les voûtes maculées de graffs. Elles imprégneront longtemps leurs fringues, leur peau en sueur. Et puis, la lumière la saisit, juste avant le son. Quelque chose de très simple, une poignée de lampes posées au sol, des abat-jour qui laissent filtrer la lueur des ampoules, qui éclairent un pan de mur, abandonnent à l'ombre ses parts de mystère, un sentiment d'alcôve et de frontières. Le grondement des générateurs de contrebande se dérobe rapidement dans le fracas. Le *sound system* déploie ses lignes de basse en réverb contre les murs, alors la musique – house funk acid punk – la soulève, la projette au cœur de la foule. Elle se retrouve à danser contre une soubrette japonaise, son petit tablier, ses babies aux pieds, ses couettes, visage pâli à la poudre de riz et les yeux peints. Sous la jupette, une bite au repos apparaît, cerclée d'un anneau argenté qui brille dans l'obscurité. Un jeune type enlace la soubrette niak, lui roule une pelle et les deux amants dansent serrés. Tout est bien, fluide, en harmonie violente. Ici, ce qui souffle, c'est l'autre nom de la liberté. Elle aime cette atmosphère, ces lieux réinvestis le temps de quelques nuits, camps nomades qui effacent les cicatrices de l'industrie. Entre fin du monde et nouvelle aube, son cœur balance. Maintenant, un jeune gay, les cheveux si courts, blond platine, se déshabille lentement sur la piste poussiéreuse. Sous son jean, des bas résille, un string. Il saisit l'une des lampes et danse seul sous les regards. À son cou, un collier-de-chien lui donne l'allure d'un esclave affranchi. Elle s'approche, se colle à lui, androgyne et douce, tendre et virile à sa façon, ils s'embrassent longuement. Par instants, un rai de lumière s'immisce entre les lèvres, découpe leurs langues en ombres nouées. Ils se détachent soudain, d'autres aventures les appellent. Cette pulsation, qui court dans les arcanes du tunnel comme du mercure au creux des veines, c'est peut-être de la fraternité. Un film X fait trembler ses images saturées au plafond courbé, on dirait que les hardeurs lui pissent dessus quand ils giclent. *Lock In*, un *hit sale* déjà ancien, plonge toute l'assistance en transe. Elle a envie de baiser. Il y a ce trav au fond, *shemale* qui la regarde depuis un moment. Sid est si loin maintenant. Elle n'a pas trouvé d'autres moyens pour l'effacer tout à fait. Le sexe, le culte de l'instant, la jouissance et la douleur mêlées. Une manière de s'abolir, de s'anéantir, littéralement. Quelle créature jaillira de ces nuits, de ces étreintes ? Une version inédite d'elle-même, un alliage d'oubli et d'acier. Shemale la surplombe de deux têtes, un visage très doux et la carrure d'un nageur olympique. Quand les Jeux existaient encore. Sa robe en lamé épouse ses hanches et sa perruque laquée scintille dans la pénombre. Elle est tout contre elle, tout contre lui, elle sent sa queue qui se déploie, il la prendra comme il veut, pour la punir, c'est souvent le cas. Elle, elle a besoin de s'altérer. Elle l'amène au centre de la piste, se désape lentement. Personne ne regarde, tout le monde s'en fout, la liberté, c'est aussi l'indifférence.

Elle s'endort un moment sous la voûte, repliée, sereine dans un coin de nuit répandue au sol. Dans son sommeil, les lignes de basse s'enlacent encore, du sang, un peu de merde sèchent sur son cul. Plus rien ne l'atteint, ne la blesse, ne la soumet. Elle est parmi les siens, n'en connaît vraiment aucun. Aux abords du tunnel, l'aube s'approche, premières banderilles du jour intimidé parmi les ornières, les canettes, les capotes souillées. La brume jette un voile alentour, que la trace orange des brassards déchire soudain. Les flics débarquent, elle se battra. L'aurore est violente. Comme la fente d'une vierge ouverte avec le poing. C'est la dernière fois. Elle s'en ira.

4

Marie-Jean traîne près de la station routière de Villeneuve. Le boulevard Foch, ce qu'il en reste, est désert. Un ciel voilé recouvre le bourg. Un car en lambeaux rentre au parking, mais il circule encore, hybridé à l'éthanol, les vitres latérales zébrées d'adhésifs, rétroviseurs arrachés. Une rangée de maisons dévastées se reflète dans le pare-brise. Les premiers vendeurs installent leurs étals de fortune à l'aplomb des ruines de la gare SNCF. Depuis que la plupart des magasins ont baissé leurs rideaux, acculés à la faillite par les troubles, ils sont les seuls à maintenir l'approvisionnement de la population. Ils vendent leurs faibles récoltes, quelques légumes, des œufs parfois, une sorte de pain azyme, amer et fade. Ils vendent aussi ce qu'ils ont pu récupérer et sauver de la débâcle. Ce qu'ils ont pu réparer. Ce qui a soudain ressurgi des greniers, des caves, du passé récent. Des lampes de poche, des réveils mécaniques, pacotilles, bimbeloteries. Des téléphones parfois, tout à fait inutiles. Faute de lignes. Ils trônent sur les couvertures déployées à même le sol, œuvres d'art absurdes, obscènes. Un espoir déjà condamné. Aucune ligne filaire ne sera rétablie, jamais.

Marie-Jean a froid, il remonte le col de son blouson, observe le va-et-vient qui se met en place. Quelques voyageurs, les yeux rougis par la fatigue, se dispersent lentement. Un peu plus loin, un gamin attend, assis par terre, les cheveux si courts qu'on lui voit le crâne. Il garde le visage caché dans ses bras repliés autour des genoux. À ses pieds, un sac de toile verte, un antique ghetto-blaster. Quatorze, quinze ans peut-être. Ses épaules se soulèvent par instants. Les voyageurs passent sans se soucier de rien. Marie-Jean retourne à la voiture, saisit sa thermos, puis va s'asseoir près du gosse. Le gamin sent sa présence, relève la tête, Marie-Jean lui tend le gobelet fumant. Le garçon approche son visage du breuvage. Pendant une seconde, il disparaît derrière la vapeur.

– C'est du vrai !

Marie-Jean acquiesce, sort un paquet de sa poche.

– Cigarette ?

Le gamin avance une main dégueulasse, aux ongles rongés.

– Tu arrives d'où ?

– Nord Bretagne.

– Long voyage.

– Vingt-quatre heures de bus… Je suis cassé.

– Et tu faisais quoi en Nord Bretagne ?

– Académie marine. Je voulais m'embarquer, fuir tout ce bordel.

– Et alors ?

– Les navires sont en rade, plus assez de diesel. Plus de quoi nous faire bouffer aussi. Presque pas de personnel, aucun officier. Je me demande où tout le monde est passé.

– Tu attends quelqu'un ? Tu as besoin d'un peu de fric pour rentrer chez toi, d'un chauffeur pour faire un bout de route ?

– Merci, non. Mon oncle vient me chercher.

– Tu as peur ?

– Ça se voit tant que ça ?

– Oui, plutôt.

– Il va me défoncer la gueule. Une bouche supplémentaire, il pourra pas la nourrir… Mais je n'ai plus que lui. Mes parents sont morts du virus.

– Je connais ça. Les morts… Tu as besoin d'aide ?

– Ce serait encore pire.

– Sûr ?

– Oui. Certain ! Même il vaudrait mieux que vous partiez. Si jamais il me voit discuter avec un étranger…

Marie-Jean se relève, jette son café dans le caniveau jonché de saletés, de gravats, tend sa main, paume offerte.

– Moi, c'est Marie-Jean.

– Kylian.

– Garde les cigarettes, Kylian.

Marie-Jean va se poster un peu plus loin. Un pâle soleil le réchauffe à peine. Il pense à son fils, puis repousse ces images de toutes ses forces, elles pourraient le tuer. Il pense à son frère, disparu lui aussi. Il s'oblige, il s'acharne à observer ce petit groupe d'errants qui se rassemble dans l'encoignure d'une porte maculée de cendres. Ils comptent leurs dernières pièces. Pas assez pour se payer un ticket. Il faudra marcher. L'un d'eux, pantalon de treillis trop large sur des boots effondrées, se met à chialer comme un môme à l'abandon. Les autres frissonnent sous leur parka de fortune. Ils n'osent rien pour leur compagnon.

Un pick-up freine à la hauteur de Kylian. Un coup de klaxon. Le gamin se lève, jette son sac à l'arrière, pose doucement son ghetto-blaster puis s'apprête à monter aux côtés de son oncle. Juste avant d'ouvrir la portière, il lance un regard vers le ciel terni, prend une large inspiration et disparaît derrière les bâches de plastique sales qui font office de vitres. Marie-Jean regarde le pick-up s'éloigner. Il a le temps de lire les quelques mots peints à l'arrière : D'abord nos Armes, puis notre Terre. Marie-Jean les imagine tous deux sur la banquette avant. Il pense à son père. Il ne l'avait jamais frappé, lui. Mais après la disparition de Timothée, Marie-Jean avait senti cette violence, latente et sourde, cette zone sauvage qui sépare les pères et leurs fils. Il est mort il y a près d'un an, emporté par H7N9. Les autorités ont dit que le virus avait éclos sur les rives du Gange, au sud de Calcutta. Sur son passage, il en avait fauché des millions. Et au fond, cela avait arrangé tout le monde. Il restait si peu pour subsister.

Il traverse la rue pour s'approcher du Mur des Nouvelles. On en trouve dans certaines villes. Ils sont encore épargnés par la colère, la violence. Peut-être qu'ils sont les derniers vestiges de l'espérance. Ce sont à peine des articles, plutôt des titres, des brèves. Les voyageurs, les errants les rédigent à l'escale. Leurs visions de ce qui reste du monde, ce qu'ils ont appris, ce qu'ils croient savoir. Aujourd'hui, un inconnu évoque la sécheresse qui étend toujours son territoire, les grands incendies qui ont dévasté les forêts des Carrés Ouest et Sud-Ouest du pays. Probablement la raison pour laquelle il a pris la route vers le Carré Est. Courir devant les flammes.

*

Ils sont assis là, un peu plus loin, parmi les voyageurs qui patientent devant l'enclos d'embarquement – quelques plots limitant l'espace devant la porte du bus. Ils ont peut-être soixante-dix ans. Peut-être moins. Avec leurs fripes de l'Armée libre du Salut, ils pourraient presque passer pour un vieux couple échoué au cœur des années 1970, au siècle précédent. Elle porte une veste de coutil élimée par-dessus un tee-shirt sale, un pantalon de toile taché et de grosses chaussures au cuir craquelé, l'une d'elles est sans lacets. Agenouillée sur le bitume, elle tient une carte routière abîmée sur laquelle elle a noté à petits traits leur avancée à travers le pays. Sous sa casquette, des cheveux blancs coupés court dépassent à peine et renforcent un regard très clair, d'un bleu intense, comme passé au cobalt. Au milieu de ce beau visage abîmé, tavelé par les années, le vent, le soleil et la pluie, raviné par les périples en bus et les illusions enfuies, encore éclairé par l'amour, il y a ce regard qui affirme que la vie ne fut pas perdue complètement, que l'espoir, la tendresse étaient là, et qu'ils n'ont peut-être pas disparu. Sa main gauche est posée sur l'épaule d'un vieil homme recroquevillé à ses côtés, accroupi sous un long manteau de tweed au col d'hermine synthétique. Avec sa casquette à carreaux, ses épaules tombantes, il ressemble à un vieux vautour épuisé, qui chancelle sur sa branche. Au milieu de leurs sacs défoncés et des passagers indifférents, ils attendent le bus pour Lyon. L'homme est prostré, immobile. Marie-Jean s'assoit face à eux.

– Vous allez à Lyon ?

– Un village au-dessus de Grenoble. Nous vivons là-bas.

C'est elle qui parle. Sa voix est rauque, presque masculine, trop de tabac jadis.

– Je connais. J'ai vécu un moment par là.

– Et maintenant ?

– Maintenant, je ne sais pas... Je vais vers le sud. Enfin, je crois.

– Nous, on revient de Paris. On a fait le voyage pour Philippe, et il est temps de rentrer à présent. Il est fatigué.

Maladroite, elle le serre davantage. Il n'a pas un geste, un mouvement. Elle reprend son récit, ses yeux bleus rivés à ceux de Marie-Jean, qui ne peut s'en détacher. Sans le quitter du regard, elle désigne Philippe :

– Je le connais bien, nous sommes ensemble depuis quarante ans !

Marie-Jean acquiesce, il sourit, malgré le souvenir de ses parents. De sa femme, de son fils. Qu'avaient-ils perdu en route ? L'amour ? Le respect ? Il lui semble en réalité que tout était joué depuis le début. Depuis que Timothée a disparu, c'est sa vie même qui a commencé de dériver, et il n'a jamais eu la force de redresser la barre. Au début pourtant, lorsque Claire le prenait dans ses bras, lorsqu'elle se serrait la nuit contre lui, il y croyait vraiment, cela irait mieux, le meilleur l'attendait.

– Le bus, ça vous laisse le temps de repenser à tout ça. Les années passées, la vie ensemble. Quand Lou est née, je n'avais jamais vu Philippe aussi heureux. Et puis, on était encore libres, il y avait des lois.

– Et plus maintenant ? Vous n'êtes plus libres maintenant ?

– Maintenant, c'est différent. Il y a trop de gens qui décident pour vous, juste parce qu'ils sont les plus forts, ou qu'ils ont des armes.

Lui-même n'y croit pas lorsqu'il dit :

– Mais on peut toujours voyager, prendre un bus…

– Le bus, c'est autre chose. On devait voir les médecins de l'assurance à Paris. Juste à côté. Nanterre… C'est horrible là-bas. Vous savez, ils n'ont pas voulu se déplacer jusqu'à nous, alors on a pris le bus. Un trajet de plus de trois jours. À Nanterre, ils ont refusé de prendre Philippe en charge. Ils ont dit que c'était trop tard à présent. Mais nous, ça faisait plus d'un an qu'on leur écrivait, qu'on essayait de leur téléphoner chaque semaine pour avoir un rendez-vous. Et jamais de réponse. Ils ont dit qu'ils n'avaient rien reçu. Dieu ! Qu'est-ce qu'ils y connaissent, à Nanterre, à la cataracte ?

Philippe relève enfin la tête. Il sourit en ouvrant les yeux. Un voile opaque recouvre ses pupilles. Marie-Jean lui prend la main. La paume, les doigts de Philippe sont pleins de cals. Une corne épaisse, un homme des champs, un travailleur au dos brisé allant de ferme en ferme dans les alentours, vendant ses bras, ses mains, sa force. Sa voix : un souffle.

– Maria n'accepte pas que je n'y voie plus. Mais pour moi, ça va. J'ai vu la vraie vie, celle d'avant, je l'ai épousée... Vous savez, on était des gosses quand on s'est rencontrés, elle et moi. Nous rentrons chez nous, et c'est là que je mourrai. On m'enterrera aux côtés de Lou. Je la retrouverai enfin. Elles lui ont fait du mal, vous savez, les hordes.

Maria ne dit rien, elle regarde ailleurs.

– Quand on a quitté le village, Philippe y voyait encore...

Elle s'attache au seul malheur qui soit supportable.

– Arrête avec ça, dit Philippe d'une voix douce.

Alors elle trouve la force de sourire à Marie-Jean.

– Et vous, où allez-vous exactement ?

Marie-Jean sort le tirage digital du village, le tend à Maria.

– Connais pas. Mais c'est très beau. Je dirais que c'est presque l'Italie. Pourquoi là-bas ?

– Je vais retrouver mon frère.

– Vous avez raison, c'est important la famille. C'est tout ce qui nous reste, au fond. Nous, on est seuls à présent. Nous sommes tout ce qui nous reste. Et quand ce sera notre tour, il n'y aura plus rien de nous. Aucun souvenir dans le cœur de quelqu'un.

Soudain, la file d'attente s'ébroue, le bus partira à l'heure. Les voyageurs prennent leurs sacs, préparent leur ticket. Marie-Jean aide Maria à se lever, puis Philippe. Il les accompagne jusqu'au contrôleur armé. La main sur l'épaule de son mari, elle le guide lentement. Elle est beaucoup plus petite que Philippe, géant courbé, mais c'est lui l'enfant. Elle se retourne vers Marie-Jean.

– Ses yeux étaient si verts ! Et Lou avait les mêmes…

Puis elle grimpe les dernières marches. Dans une trentaine d'heures, Philippe et Maria auront retrouvé leur maison. Il l'imagine hantée par les souvenirs de la jeune Lou. Alors il songe à son fils. Quand les brumes tombaient au loin, bien avant les troubles, le petit garçon serrait la main de son père en rentrant du jardin. Marie-Jean sentait l'inquiétude de son fils, pourtant il gardait le silence, incapable de le rassurer.

5

Timothée vérifie son matériel une dernière fois. Les détails. Une corde simple de quarante mètres soigneusement enroulée. Une autre de dix mètres. Et encore une de neuf mètres, en double. Les crampons d'acier, bien arrimés aux chaussures. Le baudrier solidement sanglé autour de la taille, ajusté aux cuisses. Les piolets, les pitons, les *friends*. Les mousquetons, deux ou trois broches à glace. Il a ajouté un équipement léger en cas de bivouac forcé. Une couverture de survie, des lunettes de protection (une paire sur le nez, l'autre dans le sac), le casque. Pas loin de sept kilos sur les épaules. Sans compter le fusil. Jamais plus. Timothée sourit en pensant que les premiers ascensionnistes se faisaient la courte échelle. On grimpait alors sur le dos du copain, et on assurait sa prise. La montagne est une longue histoire de transmission. À ces altitudes, les hommes sont de passage. Ils ne peuvent que transmettre le témoin. L'alpinisme, c'est écouter le rêve de l'autre. Lui n'a personne à qui léguer ses connaissances. Il poursuit encore un peu, pour le plaisir de marcher le plus haut possible contre la montagne. Il avance à mesure que la lueur du jour gravit les parois. Lentement. Timothée se souvient des histoires que racontait son premier maître, dans le Vercors. Ces récits de chasseurs lancés sur la piste des chamois, ouvrant les premiers chemins hauts. Puis il évoquait les cristalliers, à la recherche d'endroits vierges et bruts. Ceux-là aussi ont ouvert de nombreux passages. Timothée écoutait en silence, étonné de l'attention que lui portait le guide, de sa confiance. Après leurs courses sur les sentiers d'altitude, les lignes de crête, il rentrait apaisé. La tension qui lui nouait les épaules, tenait sa nuque, s'était estompée.

Il marque à peine l'arrêt en parvenant à Ailefroide. Après la moraine, il trace son chemin afin de prendre pied sur la langue finale du glacier des Violettes. Coups secs, un bruit net, presque cassant, les crampons. Il prend garde à ce qu'ils n'accrochent pas ses mollets. C'est la pointe des pieds qui pénètre, toujours. Le piolet sert à la traction, fait avancer d'un pas, puis d'un autre. Le choc de l'acier transperçant la glace, le battement du cœur, la rumeur du vent… Déjà, il arrive dans une zone difficile, la marche normale n'est plus possible. L'inclinaison approche les 80°, il faut poser des pitons, s'aider d'une broche à glace. Le bruit du marteau résonne dans le silence. Le vol d'un choucas ébauche une ombre sur la pente. Il ne sent pas le danger, le danger s'impose à lui. L'air est plus dense, le froid tranchant, les mouvements précis. La vie tient à quelques centimètres d'acier galvanisé.

Depuis quelques mois, une faille s'est creusée entre le glacier et le plateau. Si elle est recouverte de neige, rien ne la distingue, la chute est certaine. Les variations du climat bouleversent chaque chose, menacent la montagne, son âme même, peut-être. C'est ce qu'il croit. Encore quelques encablures, il pourra enfin dépasser le glacier des Violettes, gagner le plateau. Souffler un peu. Il reste aux aguets. Les crevasses, partout. Les chutes de séracs. Timothée plante son piolet une dernière fois. Le bruit, le choc vibre jusque dans ses os. Il sourit malgré lui. Il aime faire corps avec la montagne, en devenir une partie tangible. La voix de son guide : « L'ascension, c'est une ascèse. On grimpe en se dépouillant de tout ce qui nous encombre et nous pèse. » Les maux, les actes, les possessions inutiles. L'escalade le hisse vers le détachement, la liberté.

Enfin, après plus de trois heures d'avancée, il atteint le plateau. Il attend que sa respiration soit tout à fait calme, apaisée, puis il observe le glacier. Les nuances du terrain, des couleurs. Les neiges éternelles sous les rayons vifs du soleil. Le souffle du vent, qui soulève des traînées de poudre blanche. Timothée décompresse. C'est un moment dangereux, celui du soulagement, de la déconcentration. Il n'y peut rien, la tension se relâche. Les souvenirs, encore.

– Tu t'es bien défendu.

Il parle au glacier, le remercie de l'avoir laissé passer.

Timothée lève les yeux vers la paroi. Granit ocre, patiné. Quelques nuages apparaissent au loin. Avancent vers la pointe Armand, l'Envitso, vers lui. Il prend le temps de regarder l'horizon. Les pics les plus lointains paraissent soudain très proches. Effet de loupe, annonce du mauvais temps. La masse d'air chaud va rencontrer la masse d'air froid, leur rendez-vous scellera l'arrivée de la pluie, de l'orage. Déjà, il sent l'atmosphère se charger d'humidité. Il faut prendre une décision, vite : risquer d'être bloqué sous l'orage, ou rentrer et se placer à l'abri dès à présent ? Timothée mesure la vitesse du vent, n'hésite pas longtemps, cela devrait passer. La paroi est écrasée par un soleil blanc, d'une pâleur extrême. Le vent s'est levé, il s'engouffre le long du glacier, encercle la pointe Cyrieux et la pointe Armand, semble en aiguiser les pics. Ils brillent d'un éclat étrange, des reflets d'argent, de pyrite, de cuivre. Le ciel aussi prend une teinte inédite, une nuance minérale. Une vaste étendue de pierre. Il peut en discerner les nervures, les failles, les fissures. Une vague de silence tombe sur les cimes, les rafales de vent restent muettes. Seul leur souffle glacé s'abat sur la montagne, Timothée grimpe toujours, ses gestes sont précis. Il observe la roche, la sent sous ses gants, il en devine l'aspérité, le caractère, la faiblesse, elle est en vie, menaçante. Il la jauge, l'éprouve, puis se projette vers la prise suivante. Ses cuisses, ses jambes lui obéissent, c'est avec elles qu'il escalade. Grâce à cette énergie dense, explosive. Instinctivement, ses doigts se glissent dans un creux à deux mètres au-dessus de sa tête, il assure son second pied. Lorsqu'une tentative ne réussit pas, il n'insiste pas, change de position. Il prend un peu de recul, parcourt la paroi du regard. Garder sa fluidité, savoir ne rien faire. Puis se tendre d'un coup, se raidir, et atteindre la bonne prise. Le plaisir alors, ce mélange de confiance et de danger. Il pitonne dans une fissure au cœur du mur. Le bruit du marteau, le cliquetis métallique, régulier, dans la pierre. Il fixe un mousqueton, glisse la corde, sa seule assurance. Pourtant, Timothée doit grimper en l'oubliant, en faire abstraction, elle n'est pas là. Mesurer le risque, toujours. Très calme, il se concentre sur chaque mouvement, l'Envitso va exiger le meilleur de lui.

Les nuages se sont massés d'un coup, une violente rafale les a poussés vers la pointe Armand, souffle terrible qui a soulevé sur son passage un grand drap blanc au-dessus du glacier. Timothée s'appuie sur une minuscule aspérité, le tonnerre déchire l'air, ébranle l'espace, crépitement d'éclairs, choc contre la paroi, il n'assure plus, dérape…

6

Elle dort sur des sofas, des matelas jetés à terre. Enroulée dans une couverture, les odeurs des autres. Ceux passés ici avant elle. Des inconnus, des solitaires, des familles d'accueil étranges, ce genre-là. Des chambres sous les combles, une vieille grange, un appentis à retaper, même une toiture à refaire, n'importe quoi, moins que ça, elle offre ses mains contre le gîte, le couvert.

Des mômes s'approchent, qu'elle connaît à peine. Ils se tiennent debout contre le dossier de velours du convertible pillé chez Emmaüs. Elle n'ose pas ouvrir les yeux. Elle les imagine face à un ravin. Elle se sent sale. Se réveille dans les bruits de vaisselle, la rumeur des petits déjeuners. Les gamins ont disparu, réfugiés au jardin, parmi les friches. Une cabane de branches et de toile. Il y a du monde à côté. Une étreinte bâclée, tardive, la nuit qui refuse de mourir. Des disputes certains matins :

– Pourquoi tu me fais mal comme ça ?

Un chuchotement, des draps froissés. Les humeurs, les mots regrettés sitôt prononcés. Elle écoute. Elle se dit la vie est là, normale, presque comme avant, il faut m'y tenir. Le silence la garde déjà. Le silence est sa maison.

Lorsque tout le monde est parti, elle se lève, rejoint la salle de bains. Se détendre. Respirer. Rester longtemps dans le bac d'eau tiède qu'ils se partagent. Puis elle enfreint les règles et se glisse sous la douche. Elle se fout de la pénurie. La brûlure d'abord. Puis l'eau glacée. Elle voudrait que le jet pénètre jusqu'à la moelle. Qu'il récure, qu'il efface. Le sang, le corps, le cœur qui s'emballe – puis explose. Le visage détruit de son amant.

Ainsi, depuis la mort de Sid, depuis le dernier PériEnd, son existence se résume à ceci : trouver et quitter des maisons de passage. Herbes hautes, jachères sous la brume, granges désertes ou néo-kibboutz. Elle croise encore des hommes. À chacun, elle prend un paysage. Ils sont ses mappemondes. Elle les scrute pour savoir si elle peut avoir confiance, elle sonde leur mystère. Mais ils n'ont pas de mystère, ils sont seuls, c'est tout. Ils n'ont que la colère, le désir, leurs rives étroites.

Elle les laisse faire chaque fois, porte son corps comme un emblème, et cela les rend fous. Sa beauté, son indifférence, des talismans. Ils peuvent la toucher, s'astiquer pendant qu'elle danse devant eux, la baiser debout entre deux portes, contre le mur des chiottes, elle ne concède rien. Après, elle partira dans l'aube indifférente, à peine rhabillée, secouant seulement ses cheveux repoussés. La nuit l'abandonne, la honte est pour eux, voilà ce qu'elle se dit. Mais lorsqu'elle marche, toujours seule, les voix… Les voix lui reviennent. On s'écarte sur son passage, d'autres se foutent de sa gueule, elle est folle, *parfois dans la rue je me tourne sur le côté comme si tu étais là comme si je te cherchais/alors je comprends combien tu me manques, et je te souhaitais toujours bonne nuit avant d'éteindre la lampe.*

Il y a deux ans maintenant qu'elle a quitté la vie, l'amour, l'amitié. Depuis la mort de Sid, la douceur, la lumière, le bonheur, cela aussi ce n'est pas pour elle. Elle se rappelle parfois son enfance – c'est comme une peluche retrouvée, mitée, au parfum cependant intact malgré l'odeur de pourriture des greniers.

Elle n'a que sa peau, son corps, un visage sans défaut. Elle est presque libre. La liberté, ce serait n'avoir aucun regret.

Une ancienne mélodie, un écho disloqué, un murmure la rattrapent souvent. Est-il possible d'avoir ainsi le goût du vide ? Le visage de Sid la reprend, la rappelle à l'ordre, elle a faim de lui, une soif, une faim, une nécessité, le regarder et le désirer, là devant elle. Attendre un peu avant de le toucher, avant qu'il ne la touche, qu'il ne l'atteigne, ses mains, sa queue, sa bouche. C'est idiot, pourtant c'est cela : une espèce d'injonction, une prière. Mais il est trop tard à présent, il n'y aura plus jamais ce désir, cette bénédiction des corps.

Il lui reste quelques souvenirs, des images en feu, qui la tordent. C'était juste avant les premiers troubles et le grand nivellement. Ce matin-là, elle sortait du Kristal, les cheveux collés, elle avait faim. Lui, il prenait un café au kebab, à l'angle du boulevard, avec trois shabani, leurs yeux cernés, comme passés à la cendre. Ces veilleurs de nuit retournaient chez eux à pied, remontant dès l'aube la rue du Faubourg-Poissonnière jusqu'à gare du Nord, Barbès, Château-Rouge. Ils quittaient les parkings avenue de l'Opéra, les hôtels, les bijouteries encore épargnées du quartier Vendôme. L'air frais les cueillait avec le jour, la lumière leur donnait un teint de craie. Après les soupentes, les guérites de plexiglas, les lits de camp, ils revenaient à la vie dans le fracas des bennes à ordures et le parfum des croissants qui s'échappait des boulangeries. Chaque matin, ils faisaient une station chez Kader. Le café était lourd, noir, plus fort que leurs Gauloises. Le père de Kader, ils le connaissaient, le même village, en Kabylie. Ils parlaient une langue étrange. Sonorités rauques, douceur âpre, à peine consentie. Une langue ancienne, inconnue, pas de l'arabe. Il y avait aussi ce jeune qui restait près d'eux, écoutait sans comprendre. On aurait pu croire qu'il les attendait. Peu à peu, les vieux avaient pris l'habitude de s'installer à sa table, un simple signe de tête en rapprochant leur chaise. La seconde d'après, le café fumait sur le Formica bleu pâle. Kader le tirait d'une vieille cafetière qu'il ne lavait jamais, le marc sédimentait contre les parois. Un velours brun flottait dans les tasses. Le jeune alignait quelques pièces, nouveau signe de tête des shabanis. Ils se tenaient la main en parlant. Parfois, il sursautait en entendant un mot, ses yeux cherchaient les leurs, mais il ne posait pas de questions, alors ils continuaient et lui se laissait bercer par les paroles incompréhensibles.

Ce matin-là, elle ne voulait pas rentrer tout de suite, n'irait pas en cours à l'École du Louvre – elle y apprend la restauration des œuvres anciennes. Celles que les premiers révoltés, au début des troubles, sont allés briser, éventrer, ternir. Les hommes se retournaient sur son passage, sur son odeur. La danse, la sueur, les cigarettes. Elle était entrée au kebab parce que le mélange des lumières lui plaisait. Le jour glissait le long de la vitre, gagnait contre les néons, courait sur les tomettes sales, les tabourets, les tables turquoise. Capturait les visages, les isolait dans la fumée des clopes et les vapeurs de viande. Ne subsistaient à travers ces rais que l'architecture des figures, les traits au brou de noix, l'arête du nez, les lèvres, les orbites où les yeux s'enfoncent. La peau tendue sur les os, l'éclat d'un regard, une épaule affaissée, les gestes paraissaient cloués au mur, décomposés contre les carreaux de faïence.

Elle a commandé un kebab de mouton, un carton de frites, du café, « vraiment fort, s'il vous plaît », sa voix était claire, très franche. Quand elle parle, on devine qu'elle n'est pas du genre à se dérober, qu'elle campe au cœur de sa vie. Un peu d'huile a coulé du sandwich sur ses escarpins de daim fauve, alors la fatigue l'a saisie, un moment de découragement. Elle a compris qu'elle ne pourrait pas dormir seule. Les shabanis quittaient le restaurant, le jeune commandait à Kader une autre tasse. Elle a d'abord aimé sa voix. Puis ses yeux, presque blancs à force d'être bleus, les boucles noires en désordre sur son front, le pli violent à sa bouche. Sid.

– Moi, c'est Anna.

Il n'y a pas de disputes, jamais, pas de mensonges, aucune trahison.

S'ils s'aiment, ils ne le disent pas. Ils ne posent jamais de questions. Parfois ils sont ensemble, parfois ils s'éloignent. Il n'y a personne d'autre. Le monde bouge autour d'eux, les secoue, les appelle. Ils ne se dérobent pas, prennent leur part. Jour après jour, ils s'inventent un territoire. Un chemin du retour. Là, sur la mezzanine, au milieu des draps, ils partagent ce qu'ils ont découvert, ce qu'ils ont rapporté, les visages et les voix, la violence, les éclats. C'est la vie qui les fait, les tord, les construit. Même s'ils regimbent souvent, écœurés par les pillages, les viols, les assassinats, ils n'ont pas le choix. Ce qui les porte l'un contre l'autre, comme le reste : la crainte et la fascination mêlées pour les émeutes qui se lèvent à travers le pays. Chaque semaine d'abord, presque chaque jour à présent. Ceux qui n'ont plus rien aux premiers soubresauts, les étudiants ensuite, les lycéens. L'un d'eux est mort sous les coups huit jours plus tôt. Les larmes stupéfaites de Sid quand ils ont su, sa colère, elle le retient, le prend dans ses bras, il est trop tard, casser quoi ? c'est inutile, viens, mon amour. Elle se rappelle la course devant les voltigeurs, les enjambées de Sid, véloces, précises, lui qui a laissé l'école depuis longtemps, rien à foutre des étudiants – mais il voulait l'accompagner, être là pour elle –, les flics protégeant la porte des banques, les lacrymos, les fumigènes, le boulevard désert et ce parfum d'émeutes, l'espoir vibrant, l'espoir vain, que tout bascule, grand soir, nouvelle aube, tout cela, de fébrile et d'émouvant, de ridicule et d'éphémère, peau contre peau, songes contre réalités, tout cela pareil à un vaste bouquet défait dont ils doivent rassembler une à une les fleurs éparpillées, un vaste châle de bohème idéale sous lequel se réchauffer, s'offrir le temps d'éclore.

Ce devrait être les plus belles années de leur existence... L'époque incite à la méfiance, joue l'émotion, la communication contre le réel. Et puis, peu à peu, inexorablement, la violence a tout emporté chaque week-end, chaque semaine, chaque nuit. Alors ils s'inventent des repaires, chemins de traverse, échappées belles. Le corps de Sid pour Anna, le corps d'Anna pour Sid, la mezzanine au-dessus de l'atelier, les fresques au fond des chapelles, à Spoleto ; elle économise toute l'année l'argent des gardes d'enfants – mardi et samedi soir, le mercredi parfois – pour partir une semaine au printemps, à Parme, en Toscane, en Ombrie. Elle dort dans des auberges de jeunesse, pourrait rester des nuits entières au pied des campaniles, près des murs de brique, sur les bancs de pierre blonde qui flanquent les basiliques.

Ils en savent assez sur l'autre pour avoir confiance. Le sexe les réunit, ils n'ont rien à craindre, ne se protègent pas, refusent de choisir, tue-l'amour ou trompe-la-mort. Ils sortent ensemble la nuit.

Elle l'emmène au Kristal. Dents de lait, râteliers, peaux douces, *credit cards* platine, ébène. Ils laissent à l'entrée, à la merci des physionomistes, le nouveau prolétariat, la classe dominée, les Arabes, les Noirs, une jeunesse périphérique, fauchée. Personne ne s'étonne. Ce sont les plus beaux ou les plus riches qui rentrent, les mieux vêtus. Nul ne proteste. Sid se cabre, il voudrait les défendre, il a honte lorsqu'ils insistent, demandent encore, s'abaissent parfois. Seules les filles, les plus jolies, peuvent entrer, Noires, Arabes, *anyway*. Sid serre les poings mais elle a peur quand la violence, la colère… Elle entend ce bruit de chaîne qui le retient à peine. Et lui veut être avec elle, dans sa chaleur, la lumière douce, danser au fond de ses yeux. Il renonce, se méprise, elle le tire par la main, j'ai envie de toi. Ils se prennent dans les toilettes, deux chats, leur ombre compliquée sur les émaux blancs. Puis ils rejoignent le fracas, la foule, elle règne sur la piste, les types s'écartent. Sid sourit, elle est à lui.

Ils rentrent par le métro, pâles entre deux rames, attendent le prochain train, les os glacés, mains dans les poches. Douze minutes. Il lui donne son blouson. Leur image tremble sur les écrans de contrôle. Deux clochards dorment étendus, tête-bêche, sur les bancs de plastique jaune. Bras ballant qui frôle le sol, ongles noirs. Un peu plus loin, au pied d'une affiche, ce jeune homme perdu. Il porte une veste de peau fourrée, col en mouton, un jean déchiré au-dessus du genou, des Dr Martens aux pieds. La semelle droite est fendue. Sa guitare est posée à côté de lui. Une corde manque. Il garde les yeux baissés, la main sur son sac à dos. Un sac de montagne en toile et lanières de cuir. Les poches latérales sont à moitié arrachées. Couleur sans nom, rongée par la neige, la poussière. Ses cheveux sont trop longs, sales, emmêlés. Barbe blonde tachée de sang coagulé – une plaie à la pommette gauche. Le teint brûlé par le soleil, le froid, l'altitude. Sid ne peut détourner son regard. Il voudrait lui venir en aide, il pourrait le rouer de coups. Il le reconnaît comme un frère. Son meilleur ennemi. Il n'a pas besoin d'imaginer longtemps son parcours. Cela aurait pu être le sien. Il s'en est fallu de peu. Ce rétablissement-là, juste avant de franchir la ligne qui sépare la liberté de l'errance, à l'instant de passer la frontière, sans espoir de retour, est le plus difficile. Il est fasciné par ce garçon. Il aimerait s'approcher de lui, le prendre par le bras, le relever. Il reste interdit. Remarque les croûtes sur la crête du poing droit, phalanges éclatées. Bagarres sans fin, Sid connaît aussi. Contre quoi ? Un mur de pierres, une paroi, un miroir ? Le regard d'un homme dans la rue, une bousculade, le jugement sans appel des vies normales.

L'inconnu bouge un peu, remonte le col de sa veste. Sous ses cuisses, une tache brune. L'odeur de crasse, de pisse. Les types comme lui, s'ils sont faibles, loin de la nature... ils peuvent s'éteindre. Enfin, il ouvre les yeux, lève la tête, l'air surpris. Il ne reconnaît rien. Même la présence de sa guitare l'étonne. Du doigt, il caresse les cases vides, là où manque une corde. Un frisson parcourt ses épaules, un long tremblement, des larmes ravalées. Cette brûlure. L'épuisement, la tristesse, l'exil sont une seule chose pour lui. Un poids au fond de la poitrine. La rame approche. Sid frémit, Anna l'embrasse sur la tempe. La vie est là. Il baisse les yeux. Un mouvement derrière lui. Le jeune homme s'est levé, titube un instant, son sac à la main, reprend son équilibre, s'adosse au mur. Sa gueule hirsute et blonde s'encadre entre les cuisses du modèle allongé. Il s'aide de sa guitare comme d'une canne. Le métro est à quai. Anna et Sid pénètrent dans le wagon vide. L'inconnu voudrait les imiter. Pourtant, il reste là, pas tout à fait immobile, mais incapable du moindre mouvement. Il ne s'obéit plus. La sonnerie résonne dans la station déserte. Les portes claquent. Sid le dévisage enfin, le garçon le regarde, rien ne les sépare vraiment, une fraction de seconde au moment du choix, un instant d'inattention, et la vie vous glisse entre les doigts, la vitre d'un train, le parfum d'une femme... Le destin n'y est pour rien, c'est affaire de désir, de volonté. Pour l'heure, Sid est du bon côté, c'est ce qu'il croit, ce qu'il espère. Pour combien de temps ? L'un et l'autre s'interrogent et, cependant, ils savent déjà la fin. Il faudra concentrer toute son énergie afin d'enrayer la chute. Tenir. Il ne s'agit pas d'autre chose. Tenir.

Le train reste à quai. À nouveau la sonnerie. Comme s'il fallait les prévenir. Mais de quoi ? Une nouvelle panne électrique ? Elles sont de plus en plus fréquentes. Quels dangers ? Ils les connaissent tous. Enfin, ils le pensent. Ils sont toujours face à face. La solitude de l'autre, sa détresse, Sid peut les sentir, elles le transpercent. Alors il actionne le loquet, vient de comprendre, veut rejoindre son compagnon, c'est à lui de le ramener à bon port. Les portes sont bloquées, la rame s'ébranle, et se met en mouvement, lentement. Déjà, il leur faut tourner la tête pour se voir, leurs visages se dérobent. Le métro prend de la vitesse. Au même instant, ils ébauchent un geste de la main, pâles sourires sur lèvres sèches. Puis le tunnel les sépare.

L'inconnu reste hébété à deux pas du vide. Sid s'écroule aux côtés d'Anna sur la banquette de tissu dégueulasse. Sa tête roule sur l'épaule de son amie.

La police les surprend à la sortie de la station Saint-Michel. Une pluie fine cingle les uniformes froissés. Un car attend un peu plus loin, tous signaux éteints. Ce n'est pas l'aube, mais une nuit qui n'en finit pas, aux paupières lourdes. La fontaine est floue sous l'averse. Les feux rouges ressemblent à des soleils débiles. Des nuages tremblent dans les flaques. Le vent les déchire. Ce sont ces minutes où la vie hésite. Le ciel est trop bas pour offrir une perspective. Pas d'espoir, juste l'envie de se ruer sous les draps. Que dure un peu la pénombre, et se perdre là pour quelques heures. Recouvrer ses forces. Restaurer ses rêves. L'illusion de soi, l'armure dérisoire.

La Bac, les Compagnies républicaines, les OPJ… Depuis quelques mois, ils ont les pleins pouvoirs. Un pays de châteaux forts se met en place. Chacun commence à vivre en reclus, derrière des murs de carton-pâte, des certitudes que les premières épreuves balaieront sans effort. Dans ce pays, on a cessé de croire à la vie. Les circulaires du ministère, les gardes à vue, les bavures se succèdent. Les contrôles d'identité sont devenus routine, le sport favori de la flicaille désœuvrée. La crainte qu'ils inspirent, ce plaisir indigne.

– Vos papiers.

Ils sont quatre, se croient en force parce qu'en nombre. Ils les entourent. Les jaugent, les détaillent. Déshabillent Anna du regard. Trois d'entre eux gardent la main sur la crosse de leur MR 73, s'inventent un rôle trop grand pour eux. Elle fouille ses poches, présente son passeport, Sid ne bouge pas. Le gardien se plonge dans la lecture attentive du document, il prend tout son temps, comme s'il cherchait un indice, relève les yeux, dévisage Anna. La pluie redouble, ils frissonnent, ridicules sous les trombes, chiens mouillés. À quoi bon, tout cela… La gêne, la fatigue, la vanité des actes inutiles. Et puis Sid. Il ne supporte pas de sentir quelqu'un derrière lui, au-dessus de son épaule, pris dans une cage. Il piaffe. Cherche une issue. Le Bleu s'adresse à elle :

– C'est bien votre adresse ?
– Oui.
– Vous faites quoi dans la vie ?
– Étudiante.
Une voix derrière eux :
– Sont tous étudiants !
Puis une autre :
– Ces cons-là.
Une troisième encore :
– Avec son physique, je la verrais bien ailleurs, moi.

Il faudrait se taire. Cette décharge électrique dans les muscles, le long de la colonne vertébrale, l'ignorer, la laisser s'étioler. Ce cœur noir, qui bat contre ses côtes. Sid serre les poings, se retourne, plante ses yeux dans ceux du gardien sur sa droite. Celui-ci recule d'instinct. Le regard presque blanc du jeune homme, difficile de le soutenir. Sid, un pas en avant. Sort les poings de ses poches. Il n'ira pas plus loin, déjà ils sont sur lui, le jettent à terre, coups de pied, l'odeur du sang, la violence sous la pluie. Un taxi passe, gerbe d'eau grise dans son sillage. Les cris d'Anna, personne ne les entend. Une silhouette à moto, qui ralentit, son regard sous la visière du casque, puis accélère, et disparaît.

– On va nous repérer là !
– On l'emmène au poste pour le finir ?
– T'as pas vu l'heure ? On n'est plus de service.

Alors ils s'écartent après un dernier coup de latte. Rejoignent le car, dont le conducteur a lancé le moteur. Pleins phares soudain. Lueurs jaunes. L'un d'eux revient sur ses pas, jette le passeport aux pieds d'Anna.

– Qu'on ne se revoit pas ! Jamais. Vous m'avez compris ? Je sais où te trouver maintenant.

Il enjambe Sid, le dévisage un instant, marche vers ses collègues.

– Presque une gueule de bicot, celui-là.

Puis il revient sur ses pas. Un coup de rangers en pleine tête. Sid est fauché d'un coup. La mort l'a pris.

7

Quelques nuits plus tôt, Marie-Jean s'était arrêté une première fois près de Chaumont. Il longeait la rivière depuis plus d'une heure quand il reconnut entre les arbres le coin où son père l'emmenait nager après le départ de Timothée. Quand il plongeait, le sang bourdonnait à ses tempes. Marie-Jean enchaînait les brasses sous l'eau. Il lui fallait plusieurs secondes pour s'habituer à la pénombre. Une lueur verdâtre régnait sous la surface. Les peupliers et les saules penchés au-dessus de l'eau dessinaient des marques étranges. Un ciel liquide et assombri. Il était encore un jeune adolescent – six ans le séparaient de Timothée – et ces lueurs lui faisaient peur. Quand il regagnait le rivage, il se frottait les yeux: il craignait de voir le monde seulement sous cette couleur. Un jour, son père lui avait offert des lunettes de plongée. Il les avait récupérées à l'atelier, au fond d'un coffre de bagnole promise à la casse, avant de les remettre en état. Celles avec la grosse armature de caoutchouc noir – dont les émeutiers quelques années plus tard se serviraient pour échapper aux lacrymos. Elles lui mangeaient le visage et lui comprimaient le nez, mais il ne les quittait plus. Encore aujourd'hui, elles sont bien rangées au fond de son sac. Il les portait sur le crâne, les ajustait au moment de plonger. Parfois, à l'instant où il s'enfonçait dans les eaux sombres, il avait l'impression de voir le visage de Timothée en reflet sur les verres épaissis. Sitôt sorti de l'eau, il les tirait sur son front, et la berge, les arbres reprenaient leurs teintes naturelles.

Marie-Jean aimait ces moments passés en compagnie de son père. À l'époque, sa mère les attendait encore à la maison. Le virus ne l'avait pas encore enlevée. Depuis la disparition de Timothée, son père passait plus de temps avec lui. Souvent, il avait pour Marie-Jean de petites attentions. Il pensait à apporter une casquette et, quand le soleil commençait à frapper, il rassemblait les cheveux de son fils sous la visière. Lorsque le chemin qui menait à la rivière devenait trop glissant, il le prenait par la main. Il inventait des jeux, improvisait une canne à pêche à l'aide d'une branche de saule, d'un morceau de ficelle et d'un clou retourné à l'aide d'une pierre. Son père appâtait avec de la mie de pain, et si Marie-Jean ne prenait rien, il faisait toujours glisser dans la besace de son fils une des truites qu'il avait prise.

Cette nuit-là, aux abords de Chaumont, Marie-Jean s'était frayé un passage parmi les ronces, les buissons, les souvenirs. Plus personne ne venait pêcher ici désormais. La Marne était polluée sur des centaines de kilomètres, ses eaux rougies, acides. Les berges aussi étaient infectées, en profondeur, et les saules, les peupliers avaient fini par crever. Pourtant, Marie-Jean reconnut dans la pénombre le vieux ponton où son père l'attendait autrefois. C'était là qu'il le guettait, assis sur le bord, les pieds dans l'eau, le pantalon relevé sur les mollets. De temps en temps, il jetait un galet dans le courant pendant que Marie-Jean nageait. Plusieurs ricochets. Marie-Jean évoluait au milieu des cercles fragiles. C'était son royaume. La rivière, le ponton, la silhouette de son père qui l'attendait – et le visage de Timothée qui s'effaçait parfois. Puis, un jour, son père avait cessé d'attendre, emporté par H7N9. Sa mère le rejoindrait trois semaines plus tard.

Mais cette nuit-là, aux premières heures de la fuite, c'est Marie-Jean qui revenait le voir. Les troubles, les embardées du climat avaient abandonné leurs marques. Des vêtements arrachés, des chaussures, des lunettes aux verres brisés, les dernières traces de ceux qui furent exécutés sur la rive puis jetés dans la rivière. Une odeur âcre montait des eaux mortes. Elles semblaient couvertes d'une moire sale, d'une pellicule glauque, visqueuse par endroits. Le courant en paraissait même empêché. Une rivière immobile, stagnante, assombrie pour toujours. À l'extrémité du ponton rongé par la pourriture, les acides, aux planches imprégnées de sang, le bois craquait sous ses pas, et il crut y discerner les gémissements des suppliciés. Que doit-on dire aux morts ? Qu'ils vous manquent, que rien n'est pareil, que la vie est devenue effrayante et glacée ? Mais qu'on en garde le goût aussi, malgré les atrocités, les crimes, les épidémies, malgré nos propres péchés ?

Marie-Jean essaya de penser à sa famille, à la vie dénouée. Les souvenirs, les images se refusèrent, alors il quitta le ponton, les berges de la Marne, les eaux mortes.

*

À présent, Marie-Jean s'approche des lueurs. Une croix brille dans la nuit, au milieu de nulle part, il roule lentement vers la chapelle mobile. Depuis le début du grand nivellement, une myriade de trente-tonnes sillonnent le pays. Étrangement, ils n'ont aucun problème d'approvisionnement en essence, en électricité autonome. Nul ne sait qui les finance. C'est peut-être l'un des derniers secrets de ce qui subsiste d'État. Une espérance nomade, voilà ce qui leur reste à promouvoir.

Jour et nuit, ces chapelles accueillent les survivants en exode, ceux qui fuient les hordes, leurs chasubles fluorescentes, une nouvelle tempête, les incendies qui se propagent, poussés par des vents sales. Ceux qui s'échappent devant une épidémie inédite, une rumeur, ou qui se jettent sur les routes pour gagner un district en paix – cette illusion-là. Elles recueillent aussi ceux dont l'âme et la conscience se consument à petit feu au fil des kilomètres. Marie-Jean est de ceux-là.

Cabine et remorque sont posées cette nuit sur l'aire immense de ce qui fut une station-service-restaurant-supermarché. Plusieurs hectares, des grillages défoncés, les vitrines en miettes, les cuves d'essence exhumées, le bitume ouvert, cicatrices de béton béantes. Les lambeaux du drapeau tricolore, de l'étendard européen flottent au-dessus des pompes à essence renversées. À quelques pas, une camionnette échouée sert encore quelques plats qu'un homme à l'air absent réchauffe aux flammes d'un brasero. La nuit est mauve alentour. La croix, qui scintille au flanc du camion, est composée de phares, de chrome, de clignotants, de rétroviseurs. La remorque est peinte en blanc. En lettres rouges, on peut lire: *La Promesse de Christ.* Marie-Jean gravit les quelques marches métalliques qui mènent à la porte.

La moquette brune, une table basse, les traces abandonnées par les taches de café, les miettes de biscuits secs donnent l'impression d'une réunion de famille, d'un dimanche qui tourne mal. Sous la lumière tremblante, un sofa recouvert d'une housse translucide brille d'une nuance étrange de vert. Dans le coin droit, un synthétiseur attend le prochain office, qui garde en mémoire quelques cantiques. Le prêtre lui sourit quand Marie-Jean affirme qu'il est ici par hasard. C'est un homme sans âge, au teint de cire, comme si rien ne pouvait plus l'atteindre.

Des yeux bleus viennent cependant contredire cette sensation d'absence. Leur éclat, leur acuité, et la bonté aussi qui en émane…

Marie-Jean parle longtemps. C'est une nuit étrange, où l'on ne peut plus rien retenir. Les souvenirs, son existence, sa malédiction lui échappent. Il comprend soudain que pour lui la religion a changé de forme. La foi n'y a plus sa place. C'est simplement devenu une forme de compensation pour tout ce qu'il a perdu en route. Ainsi, il parle au prêtre de sa jeunesse, de son frère Timothée, de l'avenir si prometteur alors. Il parle encore de ses parents fauchés par le virus. De sa femme devenue folle après le passage des hordes. Et de son fils… Il parle de son propre fils. Il dit aussi qu'il n'est plus très sûr de ressentir quoi que ce soit à présent. Les sentiments, le manque, et même la colère n'évoquent rien. Des abstractions. Enfin, il avoue au curé qu'il veut retrouver son frère Timothée pour le tuer.

Le prêtre ne répond pas. Il se lève lentement, fait quelques pas, ouvre l'un des tiroirs de son secrétaire et revient avec une lettre à la main. Il la tend à Marie-Jean. La femme qui signe s'appelle Maud. Son amant est routier, l'un des derniers à tenter d'assurer l'approvisionnement des Carrés, à braver les barrages dressés par les hordes, les pillages, les passages à tabac. Sa cabine est son seul foyer. Il enchaîne les heures de conduite pour accumuler les primes. Avec les crédits qu'il additionne, ils partiront loin, ils quitteront le pays, même le continent, ils quitteront la guerre civile et les accès violents de la nature et des éléments. C'est ce qu'elle écrit. L'écriture de Maud est maladroite. Elle hésite à former ses lettres, et l'on voit bien que c'est sa manière d'éviter les fautes d'orthographe. Elle écrit avec simplicité, mais ses lignes contiennent une beauté rageuse. Directe comme un jab à la face. On sent qu'elle a pris des coups mais qu'elle ne baisse pas les bras. Pour finir, elle ajoute ceci : « Cher Monsieur le Pasteur, je vous remercie de prier pour lui. » Le prêtre garde le silence quand Marie-Jean relève les yeux vers lui. Puis il le raccompagne sans un mot. En descendant l'escalier métallique, Marie-Jean pense à ce routier, et à cette femme qui prie pour lui.

8

Des réserves de calme, de sérénité. Des minutes suspendues. Toutes les ascensions précédentes mènent à ce moment. La force et l'endurance sont inutiles, il faut de la douceur. Jusqu'au cœur des nerfs, de la douceur et une sorte de détachement. Préserver un peu de distance. Se regarder faire, se voir tenir. Ou tomber.

Timothée a pu se rattraper, un pur réflexe, sa chaussure a retrouvé un mince point d'appui, son pied a agi d'instinct. La vie n'a pas voulu céder. Maintenant, il doit avancer encore, se mettre à l'abri. Un léger rebord, sur sa droite, voici l'objectif. Le tonnerre, les éclairs cognent dur. Timothée s'assure tout contre la paroi. Il prie pour que les pitons tiennent le coup. À l'aide du piolet, il gratte un fragment de rocher scellé sous la glace. Le fer contre le granit, les étincelles. Quelques minutes, la prise est nette. Nouvel appui. À nouveau, il plante son piolet, un peu plus haut, juste au-dessus du rebord. Le corps entier se contracte, les muscles, les fibres, toute son énergie se déplace jusqu'à ses abdominaux. Il se hisse, bascule sur le mince parapet. Timothée ferme les yeux, longtemps, deux minutes peut-être. Aucune image ne défile, il apprivoise la peur. Se relever à présent, se mettre à genoux. Il remise le piolet dans son sac à dos, les mousquetons, le marteau. Toute trace métallique disparaît au fond du sac, inutile d'attirer la foudre. Ces orages magnétiques… Il faut faire le dos rond, attendre. La montagne, la météo sont les maîtresses du jeu.

L'incident a laissé des traces, sa confiance s'est effritée. Timothée se recroqueville un instant, le froid atteint la moelle de ses os. Il lève les yeux vers le sommet, la pointe Armand est invisible, happée par le ciel noir, le vent redouble. Il gonfle les nuages, les déchiquette, les reforme pour mieux les déchirer encore. Les éclairs griffent ce velours noir. La nuit tremble sur le jour. Les explosions redoublent, la pluie s'en mêle, drue, dense, elle crible son visage, l'aveugle, le secoue. Il se tient immobile. Les battements de son cœur. Le sang rugit dans ses veines. Rester calme, rester calme. Immobile. Il n'y a pas d'aide à espérer. La montagne est sans affect. Voilà ce qu'il aime.

Peu à peu, Timothée recouvre ses moyens. Un assaut de confiance. Il se rassemble. Quelque chose se resserre au fond de lui. Il tiendra. L'orage a cessé d'un coup. Il est parti comme il est venu, poussé par le vent. Les nuages se sont éparpillés avant de se dissoudre au loin, près de l'horizon. Le soleil sèche la pluie sur la paroi, les longues traces humides disparaissent. Timothée retrouve le parfum du granit, de la roche après la pluie, les odeurs saturées. La lumière aussi a changé. Plus nette. Plus précise. Les bruits ne sont pas les mêmes, le cri d'un aigle – l'un des derniers à croiser encore par ici – l'atteint en plein cœur. Il est libre et vivant, il est revenu dans la course. Le son du marteau contre les pitons est plus clair, presque une mélodie, un trille qui dit le plaisir d'être là.

Timothée assure sa première prise. L'écho de la chaussure contre le rocher. Il distingue une faille sur la gauche, il va la suivre, l'accompagner jusqu'au sommet. Timothée regarde le ciel. Un embrasement d'or et de bleu. La pointe Armand brille sous le soleil. Il y est presque. Ce sont les derniers mètres à présent, la fatigue est là, dans les muscles, au cœur des fibres. Mais il sent ses jambes, elles sont solides, il peut compter sur elles. Timothée prolonge sa prise d'une seconde ou deux, il est heureux. Il est fier de sa préparation, de son corps affûté. Une arme, un compagnon, le seul frère.

Mais pour l'heure, alors que le sommet est à portée de main, encore une prise, encore un pas, il faut d'abord rebrousser chemin. Avant de redescendre, Timothée a pitonné, là-haut, sa dernière prise, préparé le terrain avant l'assaut final. Il doit faire vite, il a calculé au plus juste. Le temps commence maintenant. Il suit la faille en sens inverse, repère chaque anfractuosité, enregistre les détails, note l'endroit précis où il lui faudra assurer ses prises pour remonter, sans corde ni piton, au cas où. Le souffle est calé, le cœur apaisé, l'esprit totalement absent. Toutes pensées l'ont déserté, Timothée est revenu à l'essentiel. Il n'est que gestes, mouvements, impulsions électriques. Maîtrise absolue. Inconscience. Son équation est résolue dans l'action. Il reconnaît ce territoire comme son unique patrie. Là seulement, il peut exister, donner sa complète mesure. À l'abri des regards, et rien que pour lui.

Peu à peu, il rejoint l'amorce du dernier mur, lorsque la paroi s'inscrit en un rebord négatif. Une sorte de surplomb, en total dévers. Quand l'homme se tient la poitrine et le ventre collés contre la pierre, attiré vers le vide par son propre poids.

Déjà, bien assuré pour la dernière fois, il sort de son sac une partie du matériel, les mousquetons, le piolet. Il les rassemble dans une sacoche de toile épaisse, qu'il cale dans une cavité assez large, assez profonde pour la contenir entièrement. Il glisse une poche de plastique remplie de billets. Puis la majeure partie des cordages. Enfin, c'est au tour du fusil – qu'il enveloppe de sa couverture de survie. Il sort son carnet, dessine rapidement le croquis des alentours, liste deux, trois repères. Puis il gagne le sommet dans un dernier effort. Il vient d'ouvrir une voie pour lui-même, un chemin pour s'échapper s'il y est condamné un jour, une nuit. L'Italie, même dévastée, répandue à ses pieds. S'inventer une frontière pour la seule idée de pouvoir la franchir. Le voilà dans le ciel, le monde d'en haut à portée de main. Complètement libre. Tout à fait seul.

9

Une Talisman sur l'avenue de la République, à Châtillon-sur-la-Cure. Les grandes maisons de granit rose, les tuiles d'ardoise, les vestiges de la province embourgeoisée. Marie-Jean force la serrure sans difficulté, un cintre suffit, glissé le long de la vitre, entre glace et portière. Le loquet est faible, il cède dans un claquement sec. À l'intérieur, Marie-Jean désactive le Neiman à l'aide d'un tournevis, puis retire le panneau protecteur sous la colonne de direction. Il n'a même pas besoin de regarder pour trouver les fils, il opère à l'aveugle, récite par cœur une leçon. L'école de mécanique, le CAP inutile, ses dix-sept ans piétinés. Simplement, il jette un œil au-dehors, à travers la vitre sale, au cas où. Contact. La Talisman démarre dans un souffle. Il s'éloigne lentement. Tourne à droite vers la départementale. Dans deux heures, il sera aux contreforts du Jura. Le réservoir est à moitié plein – il a vérifié avant de tenter le coup. La voiture est saine, présente bien, il n'attirera pas l'attention. Le propriétaire ne portera pas plainte. Il y a longtemps que les compagnies d'assurances n'honorent plus leurs engagements. Marie-Jean roulera jusqu'à la dernière goutte d'essence, et abandonnera la caisse au milieu de nulle part.

Le ciel est gris, triste et bas. C'est aussi bien pour rouler. La route la route la route la pluie la neige le froid le vent, Marie-Jean baisse la tête dans la voiture. Instinctivement.

À la fin de l'été, quand les orages menaçaient les récoltes, ils allaient souvent se promener avec leur père. Timothée montait à l'avant et Marie-Jean se glissait sur la banquette arrière. De sa place, il ne voyait de son frère qu'une main qui flottait au-dehors et semblait capable d'attraper les champs tout entiers, la cime des arbres. Leur père lui jetait des coups d'œil de côté et souriait en conduisant. Il tirait une boîte de bière de sa poche et l'offrait à Timothée. Lorsqu'ils passaient devant une épicerie, Timothée demandait qu'il s'arrête et sortait acheter un soda pour son cadet. Marie-Jean sirotait sa canette en tentant de capturer le regard de son frère dans le rétroviseur. Il n'y parvenait jamais.

Un jour, alors qu'il marchait parmi les maïs, la chaleur étouffante parut se dissoudre d'un coup et le ciel se déchira dans un jaillissement rauque. Les éclairs marbrèrent l'horizon et, quelques secondes après s'être effacés, ils brûlaient encore les pupilles étonnées de Marie-Jean. Il voulut se mettre à l'abri d'un arbre, mais Timothée le retint par le bras. Marie-Jean se débattit, effrayé par le tonnerre, affolé par les longues gerbes de pluie qui lui cinglaient le visage. Timothée le poussa à terre. S'agenouilla. Prit le visage de son frère entre ses mains, tenta de le calmer. Leur père marchait devant eux sans rien voir ni entendre, s'éloignant à grandes enjambées vers la voiture. Bientôt il disparut de leur vue. Marie-Jean pleurait dans la glèbe. La pluie se mêlait aux larmes, à la terre qui lui maculait la figure. Ce goût de vase sur les lèvres. Un éclair tomba à quelques dizaines de mètres, et il crut que le sol tremblait. Puis ce fut la nuit.

Timothée s'était jeté contre lui et maintenant, sous le blouson trempé de son aîné, dans l'obscurité teintée de bleu, il écoutait les battements de son cœur sans pouvoir les distinguer de ceux de son frère. Il n'avait plus peur.

Le jeune cerf est mort depuis longtemps. Ses bois sont intacts. Le pelage trempé jusqu'au poitrail. Les entrailles répandues dans les herbes et la boue dessinent au sol un amas compliqué. L'animal vient d'être dépecé, il gît sur le bord de la route, une patte brisée, les yeux ouverts. Marie-Jean a quitté la voiture dès qu'il l'a vu. Deux corbeaux s'envolent quand il approche. La seule espèce – ou presque – qui aura survécu. La terre est spongieuse sous ses chaussures. Un bruit de succion à chaque pas. Pourtant il sent bien que le sol n'est pas vraiment détrempé. Pas en profondeur. Malgré les averses de pluie mêlée de neige des dernières heures, la nature semble encore asséchée. En relevant la tête, Marie-Jean voit des pans entiers de collines calcinés. Les grands incendies ont assombri le paysage. Les derniers arbres, épargnés par les feux, dessinent contre le ciel des silhouettes tordues. Le vent les bouscule, fusains brisés.

Autour de la charogne, Marie-Jean remarque des traces encore fraîches. Les loups ont laissé leurs marques aux flancs du cerf. Les côtes ont été nettoyées de leur viande, certaines se sont rompues sous les coups de mâchoire. Marie-Jean s'accroupit auprès du jeune cerf. Il passe sa main sur l'encolure. Les yeux s'agitent, le museau tressaille un instant. Soudain, un rat sort du crâne de l'animal. Les deux corbeaux reviennent se poser sur la barrière de barbelés qui sépare la route de la prairie, des bois, des collines. Plus loin, sauvés des flammes de l'été, quelques bouleaux, leurs troncs blafards. Quand Marie-Jean regarde le ciel, il voit de longues traînées de cendre, des traces d'étoupe et de suie. Il hésite à rejoindre les bois. Abandonner la Talisman et se perdre dans la forêt. Il trouverait sûrement un refuge, une cabane pour les égarés. Pénétrer sous les grands arbres, échapper au ciel défait, et se laisser mourir là, expier dans la neige, dans la boue. Crever comme un chien.

Longtemps, juste avant l'aube, il avait débuté chacune de ses journées par une brève promenade dans les bois qui bordaient la Marne. Après la disparition de Timothée, il y trouvait un peu de solitude et d'intimité. Nul reflet, pas même le sien, auquel se confronter. Juste ce silence habité, cette vie invisible, qui le calmait. Entre la rivière et la profondeur obscure, derrière les premiers buissons, personne ne voyait trembler ses mains, personne ne le voyait pleurer.

Jour après jour, entre les ronces, les feuillus, il se frayait un chemin qui semblait le reconnaître, le recueillir. Il guettait l'aurore à travers les feuillages. Un secret, une sorte de sanctuaire.

Après le départ de son frère, il continua, sitôt levé, de rejoindre les trembles et les saules, les peupliers et les chênes. Mais tout avait changé. Il trébuchait contre les racines, se griffait aux ronces et perdait parfois son chemin. Il retournait dans la maison familiale plein d'inquiétude et de colère.

Encore aujourd'hui, il rêve des bois. Chaque fois, il revit les promenades en compagnie de Timothée. Il retrouve les parfums d'humus et de feuilles pourrissantes, l'odeur mouillée des bêtes et les vapeurs froides qui montaient de la rivière. Il croit percevoir encore la course du sang dans ses veines, la rumeur de leurs pas sur le sol froissé, cette impression de liberté. Pourtant, une certitude demeure : il n'a jamais été heureux. Quand la sueur glacée coulait dans son dos, quand les branches enchevêtrées se penchaient sur lui et semblaient vouloir le retenir, lorsque la neige tirait sur la terre un drap qui effaçait ses traces… Mais il sait aussi ce qu'il y a appris, ce qu'il y a ressenti : la paix intérieure, le dénuement, la peur apprivoisée, la sensation de s'entendre vivre. On va dans les bois pour reconnaître et garder ses craintes. Afin de se préparer au monde.

Marie-Jean enjambe les barbelés et se dirige vers la ligne sombre de la forêt. Les deux corbeaux rejoignent la dépouille du jeune cerf. La pluie reprend. De la neige en altitude. Le vent jette sur lui des paquets d'eau froide. Il est trempé, les arbres le protégeront, il avance à grands pas. L'inconnu lui tend les bras, Marie-Jean savoure chaque pas. Quand il pénètre le premier rideau de saules, il se sent rendu à lui-même. C'est comme rejoindre un ancien territoire. Il essaie de retrouver ses marques, une manière d'être léger, de se fondre dans la masse. Ainsi, les troncs, les racines, les basses branches cessent d'être des obstacles. Tout ce que Timothée lui a enseigné. Bientôt la voiture, la fuite, le mouvement violent de la route, le jeune cerf éventré s'effacent de sa pensée. Il devient sa course même. Il ignore ce qu'il va trouver, quelle solitude, quel danger, quel recueillement.

10

Parfois, elle les regarde dormir. Immobiles à ses côtés. Le plaisir n'est plus qu'un feu mal éteint. Elle soulève les draps, les observe. Longs corps inertes, nuques serrées, lèvres cousues. Paupières gonflées par le sommeil, l'alcool. Surtout, il y a cette absence sur leur visage. Ce vide qui allait et venait au creux de ses reins un moment plus tôt. Elle pense à eux. Leurs existences inconnues. Leur présence, leur silence. Elle a besoin de cette présence, de ce silence. Les hommes sont lourds et défaits. Tous, ils ont les mêmes peurs. Le soir, la solitude, la vie ratée qui remonte à la gorge, les étrangle.

Même leur peau a changé. Le grain paraît plus âpre. Où est passée la douceur ? Les visages aussi sont plus lourds. Des masques de chair où l'arête du nez, la ligne des pommettes, le caractère du menton paraissent enfoncés. Comme aspirés de l'intérieur. Il y a de la veulerie dans ces figures. Elle se dit qu'elle devrait les prendre en photo. Garder une trace de chacun. Mais leur haleine, leur souffle sur elle. Trop d'alcool, et puis l'inquiétude, l'effroi. Depuis que le pays s'est abîmé, qu'il n'est plus un sanctuaire, depuis qu'ils ont perdu le pouvoir devant les éléments, devant la loi du plus fort, la terreur s'est emparé de la plupart des hommes. Elle y voit le signe d'une déroute à venir, plus terrible, plus radicale encore. Car les autres ont sombré dans la violence, emportés par la folie, le sang.

C'est un mélange d'élans brisés, d'espoirs matés. La certitude d'être vaincus, d'avoir échoué. Des types finis avant l'heure. Encore assez jeunes pourtant, mais dont le ressort est cassé. Pour se rassurer, elle se dit qu'elle invente peut-être. Elle ne sait rien d'eux, au fond. Et si cela venait d'elle ? C'est la même chose chaque année. À l'automne, au début de l'hiver. Depuis la mort de Sid. Les corps lui pèsent. Les émotions, la vie aussi. Cette nuit, elle a baisé avec Marc (est-ce son nom, son prénom ? elle ne se rappelle plus), un autre inconnu. La nuit tarde à mourir.

Elle se lève pour préparer un fond de café. Une lueur monte derrière la gare routière dévastée par les hordes. Et c'est exactement cela, sa vie. La nuit, l'ombre qui persiste, et cette lueur, ce frémissement toujours, qui cependant n'est plus l'espoir.

*

Ils l'attendent près de la clairière. Dès qu'ils l'ont vu passer les barbelés, ils se sont déployés. Ils auraient pu intervenir immédiatement, en plein champ, mais ils ont envie de s'amuser un peu. Ils ont suivi aux jumelles sa progression vers les bois.

Sur la fin, ils ont failli le perdre, quand ce taré s'est mis à courir. Même, ils ont pensé un instant qu'il les avait repérés. Mais non, impossible. Ils ont plaisanté une minute ou deux sur ce type qui vient d'abandonner sa caisse au bord de la route pour se ruer dans la forêt vêtu seulement d'un vieux blouson de cuir et d'une paire de bottes. Ils ont hâte d'en découdre, ils veulent aussi faire durer le plaisir. Alors ils ne se pressent pas.

Les deux dernières années ont été difficiles. Beaucoup de tensions, de déceptions, de malheur aussi. Un travail trop dur, que la fin du premier été avait laissé sans récompense. Le bétail affolé par les incendies, les jeunes veaux pris dans un brasier, leur carcasse calcinée au matin, avec leurs yeux intacts, encore humides. L'odeur des chairs grillées. La sensation d'impuissance qui s'était emparé d'eux alors. Elle les avait jetés pour plusieurs semaines dans une sorte d'hypnose. Ils répétaient les gestes appris depuis l'adolescence sans plus de conscience, mécaniquement, s'occupaient du troupeau, nettoyaient les hauteurs de la propriété salies par les cendres, rentraient épuisés le soir, hommes sans visage, couverts d'une fine pellicule de poussière grisâtre, se battaient pour des conneries, une bière, un paquet de cigarettes, le souvenir d'une fille, un emprunt jamais honoré. L'année précédente, ils auraient ri et picolé davantage plutôt que de se battre.

Mais depuis plus d'un an… La sécheresse les avait réduits au fond d'eux-mêmes, rendus à leur nature profonde. Des animaux qui tiraient sur leurs chaînes. Quand l'eau a commencé de manquer vraiment, dès la fin mars, quand les réservoirs se sont retrouvé au plus bas, une unité de gendarmerie est venue sur la ferme pour vérifier quelle quantité ils pompaient dans les puits. Puis un employé du Service des eaux les a prévenus : ils devraient rendre en aval ce qu'ils avaient pris en amont. Les villes aussi avaient besoin d'être alimentées. Sinon les habitants finiraient bien par se révolter. Déjà, le maire de Château-Coligny avait fait arracher les parterres de fleurs et les pelouses. Maintenant des marguerites métalliques brillaient au soleil. Plus rien n'était pareil non plus dans la plaine. L'herbe jaune, le fleuve affaibli, et les arbres qui changeaient de couleur. Le rapt de l'automne au milieu de l'été. Les nerfs à vif. Le prix du fourrage avait quintuplé, le foin manquait pour nourrir les bêtes. Alors, ils avaient acheté des compléments alimentaires à SeedsPower. Mal dosés, ou infectés par une bactérie inconnue, les produits avaient rendu fou le bétail. Littéralement. Les vaches se battaient entre elles, prises de rage, dévoraient leurs veaux. Les taureaux se jetaient contre le mur des étables et s'écroulaient, le crâne fracassé. Il avait fallu tuer les dernières bêtes. L'odeur du sang près des abattoirs…

*

Elle vient de prendre une douche. Elle observe son corps dans la glace de la salle de bains. Toutes ces années de voyage, de travail, de sexe, de soleil, de poussière et de pluie. Elle s'approche du miroir. Elle suit les dizaines de petits sentiers qui tracent leur voie sur son visage. La voici à la frontière, sur le fil du rasoir. Qu'est-ce qui nous corrompt ? Le temps ? Pas seulement. Cette amertume qui défait nos traits, les soumet peu à peu. Nos actions minables, ce que nous avons bafoué, année après année. Ce ne sont pas les seins qui tombent, les visages qui s'affaissent : nous avons manqué de tenue. Il existe une justice. Elle n'échappe pas à la règle. Elle s'effondre, son corps l'affirme, elle ne luttera pas. *Mais si tu me voyais ainsi, cette nuit, aurais-tu encore envie de moi ? Saurais-je te séduire à nouveau ? Un jour, tu m'as dit que tu pourrais me baiser jusqu'à ma mort. Les mots d'amour et toi... Mais je voyais ce que tes yeux disaient, alors je t'ai cru, comme chaque fois. Nous ne vieillirons pas ensemble, c'est notre vérité. Au fond, cela n'a aucune importance. Tu es avec moi, Sid. Nous continuons d'avancer. Ensemble. Non ? Tu ne crois pas ?*

Chaque geste est un adieu. Elle ne pleure pas. Anna porte la nuit sur son visage. Sa figure se creuse, son regard s'enfonce, ses yeux se retirent. Elle se consume. Le silence est sa grotte et sa prison. Elle jette un dernier regard à la glace. Elle est consciente de sa beauté, comme on l'est de sa force. Elle a été aimée, cela se sent, se voit encore. Alors elle jette un drap de bain sur le tain. Elle veut oublier son corps, les regards et les caresses. Elle veut tout laisser, elle est triste, elle est presque heureuse.

Le bled est désert, les rues ressemblent à des miroirs. Il pleut encore. Une bruine trop fine, qui n'efface rien. Le bled est mort au matin. Si elle en a le courage, elle roulera jusqu'à la Méditerranée, si elle a assez d'essence surtout. Elle a emprunté la voiture de Marc – est-ce son nom, son prénom ? Il dormait encore… Elle se rappelle soudain qu'un jour elle était montée dans une voiture sur la route de Châtenay, elle avait quinze ans, presque seize. L'homme au volant l'invitait à partir. Et elle, elle voulait mettre de la vitesse dans sa vie. Il l'a emmenée dans la campagne, il suffisait de remonter la nationale 20. *Tu sais, il y avait encore des champs si près de Paris. Ce qui s'est passé, ce qu'il m'a fait… Je ne l'ai pas voulu, mais je m'en doutais. Je voulais jouer avec le feu. Je n'en pouvais plus de ma beauté, elle me pesait. M'exilait du monde. Le soir, dans ma chambre, je me piquais les seins, le visage avec une aiguille. Pas la moindre cicatrice. La beauté, c'est un fardeau. Les gens ne voient que la lumière. Jamais la coulisse, l'obscurité derrière le masque parfait. Voilà, je voulais mettre de l'irrémédiable dans ma vie. Ce n'était pas un viol, Sid. Pas vraiment. C'est ce que l'on a appris aux filles, depuis toujours. Cette frontière-là… Je l'ai laissé faire. Depuis le début. Jusqu'à la fin. Je voulais être salie. Altérée. Lorsque j'ai refermé la porte de la voiture derrière moi, j'ai vu à travers la vitre la trace de mon sang sur la banquette.*

*

Marie-Jean n'a rien vu, rien compris. Il s'est arrêté pour reprendre son souffle. La forêt tremblait autour de lui. Il reconnaissait peu à peu les bruits, les frémissements, les lents mouvements de plus hautes branches. Par instants, entre les arbres, il croyait apercevoir la Marne au loin. Et puis autre chose, de plus profond, de plus ancien, qu'il ne savait nommer. Quelque chose qu'il ignorait, mais qui pourtant lui avait manqué. Maintenant, il essaie de ne penser qu'à ça, à ce manque, à ces sensations enfouies retrouvées dans les bois. Il roule à terre, se recroqueville sous les coups, protège son visage. Ce goût âcre dans la bouche. La respiration coupée. Il dégueule de douleur. Ses vomissures fument un instant dans la neige tachée de sang. Les types se marrent. Une ombre rampe à leurs pieds, tente de s'échapper. Ils la ramènent dans le cercle, frappent encore. Leurs gueules déformées par la colère et les rires. Ils s'encouragent les uns les autres et chacun prend son tour, s'acharne sur Marie-Jean. Ils n'ont même pas vu son visage, il est tombé immédiatement. Le plus vieux dit juste :

– Faites gaffe de pas le tuer.

– Ou alors pas tout de suite, ajoute un autre, qu'on en profite un peu.

Les crachats, les cris, les insultes. Marie-Jean entend à peine. La scène entière lui parvient étouffée. Les silhouettes sont floues, les bruits comme ouatés. Ses oreilles sont touchées, ou alors c'est seulement la neige… Il ne tente aucun geste, n'essaie pas de se défendre. Il essaie de s'enfuir. Autrement. Il pense à Timothée, à leurs bagarres d'enfant, à leurs disputes. La chambre, le jardin faisaient office de ring. Leur père arbitrait les combats. Il ne séparait jamais ses fils, les laissait se battre jusqu'au sang. Timothée était plus grand, plus vieux, plus lourd, il l'emportait chaque fois. Marie-Jean cherchait le regard de son père, mais celui-ci ne bougeait pas. Alors Marie-Jean redoublait d'énergie, plaçait quelques coups de poing, tentait de saisir son frère au cou, de lui enfoncer ses doigts dans les yeux. En vain, toujours. La rage, l'impuissance, le poids de Timothée sur la poitrine, leur père qui gueulait :

– Défends-toi ! Défends-toi, bon Dieu !

Et lui, soudain immobile, qui se laissait faire, abandonnait à Timothée la victoire inutile. Son frère le lâchait enfin. Quand il se relevait, Timothée croisait le regard de leur père. Il pouvait y lire la fierté, l'orgueil d'avoir vu vaincre son aîné. Marie-Jean détalait jusqu'à la rivière. Son sang se mêlait aux larmes dans le courant.

Ils l'ont mis debout à présent. Contre un grand pin dont la cime balaie le ciel blanchi par la neige et la pluie. Il n'a plus la force de lever les mains pour se protéger. Il sent son visage enfoncé, détruit méthodiquement par les coups de poing. Il ne souffre plus depuis longtemps. Un jour, Timothée avait cessé le combat avant la fin. Il s'était relevé le premier, avait rassemblé ses affaires pour partir au lycée sans un mot, sans un regard. Marie-Jean n'avait pas bougé, attendant que son père vienne le relever. Un long moment était passé. Pas un geste, pas un mouvement. Puis la silhouette assombrie au-dessus de lui avait semblé tressaillir, son père s'était penché pour l'aider. Il le conduisit à la salle de bains, passa une serviette humide sur son visage. Le silence seulement troublé par le clapotis de l'eau sur l'émail, le grésillement du néon au plafond. Marie-Jean croisa son propre reflet dans le miroir, son visage défait par la colère ou la peur.

– Tu es courageux, Marie-Jean…

Il ne répondit pas. Il aurait voulu s'approcher de son père, qu'il le prenne dans ses bras. Il attendait, immobile.

– Tu sais, ton frère, Timothée…

– Je sais, papa.

La neige à nouveau, la boue sous ses ongles. Ils l'ont abattu. Un coup de manche de pelle dans le genou. Un oiseau solitaire dans le ciel. Marie-Jean le distingue à peine. À présent, il sait qu'il va mourir. Il pense à cet oiseau, à son cri lointain. Il croit que c'est son fils qui l'appelle. Qu'il va le retrouver peut-être, alors il lui expliquerait pourquoi – ce qu'il a dû faire. Quel est ce manque ? Il cherche ses mots pour une prière. Si je ne devais jamais rien trouver, faites-moi au moins encore sentir ce manque. Timothée était rentré tard ce soir-là. L'entraînement d'escalade l'avait retenu longtemps. Leur mère avait préparé des sandwiches, il les avait emportés avec lui sous la véranda. Par la fenêtre de sa chambre, Marie-Jean le regardait manger en silence. Ses larges épaules enfonçaient un coin plus sombre dans l'obscurité. Puis il était allé marcher dans les bois. Il marcha pendant des heures et revint bien après la tombée de la nuit. Il n'avait pas trouvé de réponse : qu'avait voulu lui dire Timothée en abandonnant le combat ?

Il n'entend plus rien. Au dernier moment, il s'est laissé aller. L'impression de glisser lentement, de se rassembler un instant, avant de se dissoudre enfin. Au-dessus de son corps, les hommes s'agitent toujours, le visage marbré de sueur, les poings écorchés, les muscles douloureux, aux lisières de la tétanie. Le plus jeune est livide.

– Putain, vous êtes dingues ! Vous l'avez tué.

– Et alors, on n'a qu'à l'enterrer dans un coin. Personne viendra le chercher, crois-moi. C'était qu'un enculé de nomade.

– C'était pas une raison pour le finir.

– Je sais ce que je dis. Je les renifle à cent mètres, ces bâtards. Hein qu't'es un sans-abri, ducon ?

L'homme pousse sa botte dans le flanc de Marie-Jean.

– Arrête ça, dit l'autre. C'est fini... Il est mort.

– C'est bien comme ça que je les préfère, ces enfants de putain.

– Vos gueules, tous les deux ! Maintenant faut se décider pour le corps.

– On n'a qu'à lui foutre le feu.

– T'as pas vu assez de flammes pour cette année ? Il te faut une dose supplémentaire ?

– On l'enterre alors.

– Non, trop dangereux. Les animaux auront vite fait de creuser. On saura plus quoi foutre de la charogne.

– Alors quoi, tu veux peut-être qu'on appelle les gendarmes ?

– T'es un marrant, toi… Non, on le charge dans le pick-up et on le laisse sur le bord de la route, là d'où il est venu. La neige aura recouvert ses traces, personne saura qu'il est monté jusqu'ici.

Les hommes s'exécutent. Ils se partagent les huit cents euros qui restent dans les poches de Marie-Jean.

– Qu'est-ce qu'on fait de ça ?

Le type montre le tirage digital du village, le clocher tors, la silhouette d'un homme, son visage en contre-jour. Une photo de famille aussi. Sur l'image, Marie-Jean sourit entre ses parents. Derrière eux, Timothée tient son frère par l'épaule, l'air absent. Une autre photographie enfin : le portrait souriant d'un gamin. Quatre ans, six peut-être.

– Remets ça dans ses poches. On a le pognon, le reste, on s'en branle.

*

Anna ne distingue plus la route. La neige a tiré un dais sur la région. Elle roule au pas. Elle devrait renoncer, faire demi-tour, rentrer. À l'entrée d'une courbe légère, la voiture se dérobe un instant. Anna corrige la trajectoire, accélère. La même tension chaque fois, à laquelle elle ne résiste plus : jeter un œil au siège passager. C'est là qu'elle pense à Sid avec le plus d'intensité.

La neige tombe plus fort, les essuie-glaces grincent sur le pare-brise. Comme s'ils mesuraient le temps. N'en finiraient jamais. Anna ouvre la fenêtre, chasse la buée d'un revers de manche. Les sons lui parviennent assourdis, un étrange silence pénètre l'habitacle. Un grand calme descend des collines, s'étend sur la prairie. Une espèce de douceur gagne le paysage. Une harmonie secrète qui apparaît soudain entre les nuages en lambeaux et les dernières traces des incendies. Des linges épars flottant sur la nature abîmée. Un baume épais sur les champs, les forêts. Peu à peu, les anciennes traces disparaissent, c'est comme un sentiment d'apaisement qui la gagne. Elle allume une cigarette. La fumée s'échappe entre ses lèvres, rejoint les brumes en suspens à l'aplomb de la vallée. L'espace d'un instant, tout semble possible à nouveau, même un autre départ. Tout recommencer. Non pas racheter ses fautes, simplement revenir au début, ne pas commettre la moindre erreur.

Elle éteint ses phares. La voiture dérive doucement dans le brouillard. Elle n'est plus qu'une ombre, elle avance sans balise. C'est peut-être pour cela qu'ils ne l'ont pas vue à l'instant de balancer le corps. Déjà, le pick-up repart. La neige gicle sous les pneus. Le 4x4 s'efface dans un tremblement. Le cadavre de Marie-Jean repose contre la dépouille du jeune cerf, tache sombre contre le pelage recouvert de neige. Anna se range sur le bas-côté. Elle croit qu'elle a rêvé. Elle efface à nouveau la buée sur la fenêtre. Sa main est glacée. Les flocons, les gouttes perlent sur la vitre. Elle quitte la voiture. Le brouillard devient si dense tout à coup qu'elle distingue à peine l'autre versant de la nationale.

*

La mort, l'odeur de la mort, lourde et âcre. Une violente amertume qui emplit la bouche, les poumons. Et le noir tout autour, un monde sans formes ni repères, sans limites et sans frontières, une obscurité intense qui brûle les yeux. Paupières ouvertes ou fermées, impossible à dire. Les ténèbres. À la mort de son fils, Marie-Jean s'était enfui dans les bois. Le corps du gamin reposait sur les draps tachés. Il avait couru dans la neige à en perdre haleine, les jambes entravées par la poudreuse épaisse. Il aurait aimé prier, mais il ignorait quelle prière adresser au ciel, il voulait juste une réponse à la tragédie. Un signe. L'espoir d'être connu de Dieu… Pas d'être pardonné. Le vent, le silence, la lumière douce qui montait des champs de neige. Rien d'autre. Alors il était retourné auprès de son fils. Il avait fait la toilette du jeune mort, lentement, sous la lueur bleutée de la lampe de chevet à l'effigie de Spiderman. Où étaient passés la folle énergie, l'enthousiasme du petit garçon, et l'éclat de son sourire, de ses yeux si verts, et le dessin, l'ébauche des muscles sous la peau, et la douceur de celle-ci ? Quel était ce pantin désarticulé qui gisait là ? Marie-Jean avait pris son fils entre ses bras pour le porter sous la véranda, comme il le faisait, avant. Avant les troubles et l'épidémie. Avant les hordes, les milices. Lorsque la mère du petit était encore en vie, qu'elle préservait le feu, le cœur de la maison, leur foyer. Avant qu'il ne tue son fils de ses propres mains. Un jour, au milieu de jardin, il l'avait soulevé d'une seule main pour le hisser au-dessus de sa tête. Le môme riait, prisonnier de l'étreinte, en sécurité. Et Claire, assise sous la véranda, avait applaudi. Elle aussi se sentait en sécurité, alors. Ils étaient morts tous les deux. Il les rejoint maintenant, il arrive.

La mort, l'odeur de la mort, l'absence... Aucune douleur, juste la sensation du sang qui s'écoule encore. La vie ne s'échappe pas des blessures, c'est le froid, la mort, l'absence qui s'immisce peu à peu, imprègnent les tissus, les chairs, et gangrènent le cœur. La solitude immense, que rien ne vient borner. L'obscurité. Un matin – Marie-Jean venait d'avoir sept ans –, l'école avait appelé à la maison. L'infirmière prévenait sa mère. « Votre garçon s'est fait mal. » Dix minutes plus tard, celle-ci courait affolée dans le hall, bousculant le directeur, appelant son fils blessé. Timothée Timothée Timothée. Allongé à l'infirmerie, Marie-Jean l'avait entendu crier le prénom de son frère. L'infirmière était douce. Son sourire tendre, cette moue sur les lèvres, comme un regret, un baiser. En rentrant chez eux, Marie-Jean avait longtemps observé sa mère. Elle conduisait avec prudence. Ses longs cheveux noirs lui couvraient les épaules. Elle s'était arrêtée au McDo pour lui offrir un double cheese. En remontant dans la voiture, elle avait dit qu'elle l'aimait. Il avait plongé ses yeux dans ceux de sa mère, si verts, insondables. « Moi aussi, m'man. » Puis il s'était endormi, assommé par les antalgiques, le poignet brisé. Un goût de médicament au fond de la gorge. Un goût de bile. Dans la pénombre de l'habitacle, le plâtre dessinait une tache claire. Un croissant de lune desséché.

La mort, l'odeur de la mort, lourde et âcre, l'absence… et la mémoire pourrissante.

*

Anna traverse la route sans regarder, happée par la scène. Le blizzard jette des paquets de neige, de vent, de pluie. Elle glisse sur la chaussée, se relève, cheveux défaits. Continue d'avancer. Elle est sûre de n'avoir pas rêvé. Il y a une ombre, là-bas, près du cerf écorché, qui bouge, qui tremble légèrement. Et si c'était le vent ? Une illusion d'optique. Elle place ses mains en visière, plisse les paupières, manque de glisser encore. Rien. L'ombre, le mouvement se sont effacés. Un voile de neige traverse la chaussée, tire une toile épaisse, mouvante, sur les environs. Au loin, les phares d'un camion dessinent deux astres étranges. Immobiles. Pas un bruit. Le souffle de sa respiration. Un nuage blanchâtre qui s'échappe de ses lèvres. La nausée mal réprimée, un haut-le-cœur au goût dégueulasse de foutre. Au milieu de la route, Anna n'ose plus un geste. Le froid, l'affolement, l'écume du blizzard sur les collines. Et l'odeur du jeune cerf portée par le vent. Elle se penche pour gerber. Une bave épaisse, qui lui brûle la gorge, les larmes qui montent aux yeux. Depuis combien de temps n'a-t-elle pas mangé ? Les vomissures sur ses chaussures trempées. Elle se relève, s'essuie les yeux, la bouche. La trace noire du rimmel à deux balles. Elle cherche le cerf du regard. Encore une fois, elle croit discerner un geste, un roulement d'épaule vite affaissé. Un éclat blond sur la neige et la boue, contre le pelage arraché de l'animal. Soudain, Anna fait demi-tour, court vers la voiture. Glisse à nouveau, se rétablit avant de tomber. Le démarreur patine, elle cale, revient au point mort, recommence, le moteur renâcle un instant, rugit enfin. Anna démarre d'un coup. Les pneus gémissent dans la neige.

*

La mort, l'odeur de la mort, l'absence, le vide et ce souffle glacé soudain qui cisaille la poitrine. Le sang coagulé, ce craquement sourd au fond du corps. Les os brisés, fragiles comme du verre, les membres, le cœur disloqués. Cette lumière exténuée, qui vacille puis s'avive peu à peu. Un tunnel, un couloir. Il reconnaît ces fleurs et, sur le mur, près de sa chambre, les traces du crayon qui marquait la taille de son fils.

La mort, l'odeur de la mort, l'absence, la lumière au fond du couloir, qui s'éloigne à présent.

*

Elle voit l'ombre monter à travers le pare-brise, s'arracher lentement de la charogne. Une ombre tremblante, couverte de sang et de lambeaux rougis. Neige et boue mêlées, une oreille arrachée. Elle la regarde se lever, surgir du cadavre, renaître de la dépouille. Des cheveux blonds secoués par le vent. Une flamme ternie. Elle jaillit de la voiture, le rattrape avant qu'il ne retombe.

Étendu sur la banquette arrière, il sent les faibles cahots de la voiture lui transpercer les reins. Il ne voit rien, juste ce carré de ciel blanc à travers la vitre. Il lève sa main, la pose sur le carreau nimbé de neige fondue, et les visages de Claire et de leur fils, les visages de ses parents, le visage de Timothée apparaissent en reflet. Figures labiles dessinées sous la buée. Ils lui sourient. Marie-Jean colle sa main plus fort pour les retenir ou les chasser. Chaque ligne de sa paume imprime de nouvelles rides à leurs faces humides. Traces fragiles qui se dérobent sous ses doigts glacés.

11

Il gagne peu à peu la liberté. Mieux, l'indépendance. Parfois, Timothée cherche à prolonger l'aube, à retenir la montée du soir. Quand le plateau se teinte d'opale. Lorsque l'odeur de la terre le rattache à la vie. Alors, il a l'impression de naître au monde, l'âme en jachère. Fragment de roc accroché au sommet. Simple écume au ressac du torrent. Feuille de sureau mâchée par l'animal. Seul sur terre et, cependant, sans souffrir de cette solitude.

Puis – est-ce la clarté du soleil, est-ce la nuit qui tombe soudain ? – la magie s'évapore. L'inquiétude prend ses quartiers. La conscience, le passé, le découragement. Ce qu'il gagne l'espace d'une minute, il le perd l'instant d'après. Ainsi, il comprend que l'on peut devenir fou à force de tenter, jour après jour, de retrouver la paix. Il prie dans des églises sans nom, qu'il s'invente au creux d'une combe, d'une draille, parmi les parfums d'automne. Des prières hésitantes, vers un dieu pudique. Il prie au plus près du silence. C'est un échange de murmures.

La pluie, le froid, les mains gelées en transportant les pierres. Les doigts gourds en ajustant les poutres, les solives. Parfois il laisse son travail, les terrassements, le mortier. Il part en montagne pour quelques heures. Il voudrait que la nature aspire toute sa colère, tout le dégoût. Elle seule a le pouvoir de le faire. Il est comme ça depuis l'enfance. Il lui faut quitter sa maison, ses refuges quand le sol se dérobe sous ses pas, quand la violence le gagne. Son frère Marie-Jean était ainsi également, Timothée s'en souvient.

Ici, le soir se répand à la surface du torrent. Il voudrait ne faire plus qu'un avec lui. Retrouver ce mouvement, les mots qui ont poli les galets. Être capable de creuser un lit profond année après année. Épouser les contours de la vallée. Accepter les obstacles, les éviter sans heurts. Charrier les souvenirs, les remords comme des sédiments. Les noyer et cependant rester en vie. Devenir une source. Garder ses berges solides pour qu'au soir les animaux viennent y boire. Timothée ne saurait dire à quel moment de l'existence un endroit devient enfin un refuge. Quel est l'instant où l'on sait que nous avons trouvé notre place. Que nous y trouverons, à l'écart du chaos, du monde brisé, tranquillité, sérénité même. À quoi reconnaît-on cet instant ? Il l'ignore. Mais il existe ici un mystère qui le protège.

Timothée écoute la rumeur du vent sur le plateau. Les jappements des jeunes loups quand la nuit vient sur lui. C'est à cet instant qu'il pense à son frère avec le plus d'intensité.

Il sait que Marie-Jean n'a rien oublié. Les gestes, les quelques mots, les jeux improvisés. Les promesses que Timothée n'aura pas tenues. Puisqu'il est parti sans lui, qu'il a abandonné son jeune frère.

Chaque matin, il gagne l'angle sud de la baïta, là où s'ouvrira la chambre. La fenêtre est déjà percée. La vue mène au torrent, puis vers le sommet des Tenailles. Là où ils ne comportent pas de boutisses, des murs se sont écroulés. Timothée les rétablit un à un, choisit les meilleures pierres, les plus longues. Elles relieront les parements, assureront force et tenue. Il apprécie cette tâche plus que toute autre. Poser chaque pierre, qu'elle trouve sa place et se cale selon son propre poids. Ainsi, la masse de celle qu'il ajoute assure la stabilité de l'ensemble sans le menacer d'écroulement. Il comble les interstices par de l'argile, prépare un mortier de calage, sable, chaux et terre. Ses mains sont utiles. Il n'est plus que ses gestes, il se laisse happer par son travail. Le voici allégé.

Au pied des murs, à l'extérieur, Timothée a installé drains et cunettes de pierres plates afin de limiter les entrées d'humidité. Il prend soin de l'appareillage, sélectionne des pierres qu'il équarrit et taille lui-même. Il les monte en *opus incertum*. Il en aime l'aspect brut et soigné. Sauvage et ordonné. Il pourrait les raccourcir, il a résolu de ne pas le faire. Il se souvient de son maître chez les Compagnons du devoir. Il lui avait expliqué que l'on prétendait jadis qu'il s'agissait d'une volonté des maçons. Ils montraient ainsi la solidité de leurs constructions. Mais ce n'est pas cette raison qui anime Timothée. Lui veut laisser cette impression d'inachevé.

Étançons posés sur les boutisses, puis panneresses et linteaux, jambages, appuis, il ménage une fenêtre de bonne taille – adaptée au climat de son territoire. Elle s'ouvrira sur un fragment de paysage capturé. Ligne de fuite, parcelle d'horizon.

Parfois, pendant qu'il ajuste les pierres, quand il en équarrit d'autres, Timothée perçoit la trace des vies anciennes qu'elles ont protégées. Cette mémoire est devenue l'argile, le sable, la terre qui tiendront debout sa maison. Et pourtant il se souvient que *ce qui est tordu ne peut être redressé*. Alors comment effacer les remords, cette douleur ressentie sous l'assaut de la conscience et non sous les coups, dans le sang d'une blessure au visage ? Comment les noyer lorsqu'on mesure enfin que l'on a saccagé ce qui était unique ? Comme si cela n'avait aucune importance, l'existence de son propre frère.

À travers l'espace vide d'une fenêtre inachevée, encore ouverte à tous les vents, Timothée guette le silence, l'acédie du monde. L'abolition de la mémoire. Il veut croire que cet endroit est vierge, qu'il ne recèle pas de tristesse profonde, seuls les rythmes de la nature. Il veut enfoncer ses pieds dans cette terre. Il ne pense pas qu'elle soit sacrée, qu'elle ne mente pas. Son territoire incite à la reddition. Il l'aime profondément.

Le vide existe entre les drailles, les parois, les sommets. Les minutes portent l'extension d'elles-mêmes. Elles ne s'égrènent pas, elles se rejoignent et tissent d'heure en heure une lanière où se noue la journée. Présent dans chaque jour, le parfum du jour qui s'enfuit. Rien ici ne semble jamais acquis. La vie est fragile. Les loups ont repéré son modeste élevage.

Souvent, Timothée marche le long du torrent. Il remonte dès l'aube les premiers sentiers tracés entre la nuit et la lumière. Le soleil se lève sur le plateau. De son côté, un monde étrange repose. Un univers de mousses décomposées, d'arbres mélangés. Une matière assombrie qu'une fleur rouge, surgie là où l'eau dévale le versant, éclaire parfois. Il s'efforce toujours de trouver une trace de couleur. N'y parvient pas chaque fois.

Lorsqu'il redescend, à la toute fin du jour, Timothée pénètre dans les bois comme dans les prémices de la nuit, comme dans un prolongement de lui-même.

12

Par instants, Anna croise son regard dans le rétroviseur. Il ne la voit pas, elle le sait. Il aborde un autre continent. La douleur monte par saccades. Elle le soulève, le déchire, l'abandonne, gisant à demi conscient sur la banquette arrière, les yeux fous, arrimés au rétro. Ce n'est pas le regard qu'elle espérait, mais il emplit l'espace. Maintenant, quand elle jette un œil vers le miroir, elle sait qu'elle n'est plus seule. Quelqu'un l'attend, un homme compte sur elle. Elle ne le décevra pas. Une mélopée étrange s'échappe des lèvres de l'inconnu. Soudain, Anna croit discerner un râle, le soupir d'un mourant. Elle cherche à s'arrêter, prête à prendre la tête du gisant contre sa poitrine afin qu'il parte en paix. Dans la chaleur, le parfum d'une femme. Un souvenir viendrait peut-être le cueillir, lui fermerait les yeux pour toujours. Déjà, elle ralentit. Il a un hoquet de douleur quand elle passe l'accotement. Un éclair de sang raye son regard. La mélodie tremble davantage. Elle met la voiture au point mort. Le bruit rauque du moteur lui parvient assourdi. La neige recouvre la prairie, enveloppe le monde d'un voile épais qui les isolait encore. Elle a l'impression d'être séparée d'elle-même, de ses gestes, de ses sentiments. Une autre qu'elle agit à son insu. Pourtant, elle reconnaît cette étrangère comme une sœur longtemps recluse. Un double apeuré qui accepterait enfin d'émerger, de vivre à sa place. De la porter. Anna ne veut pas couper le contact. Le froid menacerait de le tuer. Elle pousse le chauffage à fond, ne veut pas songer au carburant. La buée s'épaissit sur les vitres. Elle se penche vers lui. Il répète sans cesse les mêmes phrases, comme un mantra, une incantation. Elle sort un instant. Dans le coffre, elle trouve une vieille couverture. Elle sent la sueur et le foutre, l'herbe coupée, les cendres abandonnées par un ancien été. Elle allume une cigarette, tire quelques taffes. À l'intérieur, il s'affole d'un coup. Il ne discerne plus cette ombre douce qui vacillait devant ses yeux depuis un moment. À la place de son parfum, une odeur glacée de bois mort et de boue emplit l'habitacle. La peur le reprend, il veut crier, hurler. Pas un bruit ne jaillit de sa gorge. Il tente de frapper du pied contre la vitre. Sa jambe reste inanimée sur la banquette. Il sent quelque chose de chaud couler le long de ses cuisses, gagner ses mollets. Il comprend qu'il se pisse dessus. Les larmes brûlent ses yeux, l'hématome sanglant sur sa pommette éclatée. Il essaie de se relever.

Anna le retrouve arc-bouté à l'arrière. Une main sur le dossier du siège avant, tentant de se hisser. Quand il la voit, ses forces se relâchent. Il s'écroule. La tête renversée, un afflux de sang, il perd connaissance quelques instants. Anna cherche le cœur sous le blouson. Une veine à son cou. La vie bat faiblement sous la peau meurtrie. Elle fait couler un peu d'eau entre ses lèvres. Marie-Jean revient lentement à lui, sent de nouveau l'ombre au-dessus de son visage, une haleine lourde, tabac et café. Il reconnaît aussi le parfum, il veut parler. Elle glisse la main entre ses doigts recroquevillés.

– Taisez-vous, je vais vous conduire, on va trouver un hôpital.

Marie-Jean serre sa main de toutes ses forces. Anna ne perçoit qu'une infime pression.

– Ça va aller maintenant... Même avec cette neige, nous y serons vite.

À nouveau la pression. Il essaie de parler. Le moteur hoquette par instants. La voiture tremble. Un frisson dans la tôle. Une bulle ensanglantée gonfle entre ses lèvres. Elle essuie la trace de sang, qui sèche déjà. Les yeux fous de Marie-Jean, les maxillaires contractés.

– Pas d'hôpital, c'est ça ?

Un mouvement, presque imperceptible, sur le visage. Sa main soudain détendue dans la main d'Anna. Elle acquiesce, à quoi bon de toute façon, les hôpitaux ont été pris d'assaut depuis longtemps, pillés.

– D'accord, je comprends. Mais laissez-moi vous emmener chez un médecin. Vous ne pouvez pas rester comme cela. Faites-moi confiance, s'il vous plaît...

Les paupières tressaillent. Il veut qu'elle reste là, sa main retenant ses doigts brûlés par la neige, le gel. Qu'elle veille sur lui.

Doucement, Anna se dégage de l'étreinte pour reprendre le volant. Elle ne sait pas s'il s'est endormi. Ou encore évanoui.

*

Elle freine d'un coup devant l'enseigne de la maison médicale de Revermont. La voiture glisse sur une dizaine de mètres, cale. Anna klaxonne, la nuit tombe. C'est leur dernière chance. Ils ont traversé des villages, des bourgs déserts, complètement abandonnés. Elle est allée de clocher en clocher, se disant que c'était là, entre parvis et places du marché, qu'avaient dû s'installer les médecins, les pharmacies. Elle gardait cette image du passé. Elle n'aura trouvé qu'églises vandalisées, clochers brûlés. La devanture des pharmacies, leurs vitrines abattues depuis longtemps, leurs stocks volés pour être fourgués au marché noir. Aucun médecin. Sur certaines portes, à côté de leur plaque professionnelle, on avait tracé à la peinture noire une étoile de David, une croix gammée, un JUIF aux lettres dégoulinantes. Anna frissonne chaque fois. Cette haine-là. Elle retrouve les mêmes inscriptions sur le mur des agences bancaires pillées, des distributeurs de billets condamnés. Alors elle comprend que son pays est mort, qu'il ne se relèvera pas.

Elle klaxonne encore. Sans plus s'arrêter maintenant. Une lumière s'allume derrière la fenêtre du rez-de-chaussée. Une lueur tremblante, une flamme. Elle devine que la maison ne reçoit plus d'électricité. Elle jaillit de son siège. Elle hurle J'ai un blessé j'ai un blessé j'ai un blessé. La porte de la maison s'ouvre à la volée, un homme se précipite jusqu'à la voiture. Elle ouvre la porte arrière, il ne prend pas le temps de la regarder. Il reconnaît l'odeur du sang. Le type va mourir. Il le prend dans ses bras. Un gémissement. Dans le froid, un voile de vapeur se dégage de son corps. Ils courent vers la maison. Anna glisse dans le vestibule, elle distingue un salon dans la pénombre, un poêle à bois. L'homme lui demande de l'y attendre. Elle refuse, le suit jusqu'au cabinet. Il pose le corps sur la table d'examen. Elle dit Attention ! Le regard de l'homme. Elle se reprend. Excusez-moi. Il saisit une paire de ciseaux. Découpe les vêtements. Une croûte de sang séché. Ne pas savoir si l'on déchire une chemise, si l'on arrache l'épiderme. Ce mec est une plaie. Comment fait-il pour tenir le coup ? Son corps est couvert de bleus, d'hématomes. Les caillots de sang sous la peau… Si une hémorragie se déclenche, il n'en réchappera pas. Anna s'approche. Ses yeux s'agrandissent, sa bouche se crispe. Envie de vomir, de pleurer. L'homme la prend par le bras.

– Ne restez pas là ! Vous allez me gêner. Allez m'attendre au salon. Je viens dès que je peux.

Des coupons de gaze, des boules de coton imbibés de sang traînent au sol. L'homme achève de nettoyer le corps. Le blessé ne réagit plus. Ni conscient ni évanoui, il flotte dans un espace sans contours. Entre deux mondes. Derrière ses paupières mi-closes, Marie-Jean distingue à peine un rai de lumière. Le soleil, l'éclat d'un néon, d'une lampe de poche frontale, il ne sait pas. La morphine s'écoule lentement dans ses veines. Il ne souffre plus, c'est peut-être pire encore. Des images l'attirent, des formes évanescentes se penchent sur lui. Un vent glacé le parcourt, qui porte le parfum des bois, de la Marne, juste après la pluie. Il marche à la tombée du soir, vers le ponton avancé sur la rivière. Des foulards déchirés, aux couleurs délavées par le soleil, la neige et le froid claquent dans le crépuscule. Le vent emporte le faible écho. Une lueur timide se noie derrière les nuages qui s'étirent sur les eaux calmes. L'ombre mauve des arbres se répand à la surface. Marie-Jean avance à grands pas, se dirige vers la rive, le ponton. Il ne comprend pas pourquoi mais le sol est jonché d'objets, de vêtements, de jouets d'enfant. Et puis, il les reconnaît. Ils appartiennent à son fils. Marie-Jean comprend qu'il se trouve au cœur d'un sanctuaire. Il n'éprouve rien, cherche au fond de son cœur. Il discerne entre les branches une vieille femme vêtue de hardes. Elle hurle :

– Fous le camp ! Tu n'as rien à foutre ici ! Il n'y a rien à revivre ici. Tu peux rentrer chez toi.

Elle s'approche de Marie-Jean. Sa figure fripée, ses longs cheveux gris qui flottent autour d'elle comme une hampe de cendres. Elle le dévisage, il détourne les yeux.

– Regarde-moi…

Marie-Jean obéit. Elle l'observe un long moment. Le vent souffle en rafales, rassemble les derniers lambeaux. Linges épars. La nuit prend ses quartiers. Un désert tremblant.

– Qu'est-ce que tu cherches ici ?

– Je ne sais pas. Mon frère, je crois.

– Je ne peux pas t'aider alors. Pourquoi le poursuis-tu ?

– Il est parti il y a longtemps. Il nous a abandonnés.

La vieille femme ne répond pas. Elle s'éloigne. L'obscurité la ronge peu à peu. Marie-Jean fait quelques pas, veut rebrousser chemin. Il se sent si seul, vide. Il crie :

– Je suis Marie-Jean.

– Tu n'es personne.

Le silence et le vent. La nuit, le froid, le ciel tendu au-dessus de la rivière. Il lance dans le noir :

– Mon fils, c'était Bastien.

– Mais il est mort à présent. Et c'est toi qui l'as tué.

Il ne la voit pas, il sent sa présence. Il croit comprendre. Elle garde les morts, les disparus. Veille les esprits. L'herbe est trempée quand il s'assoit. Sous la terre et les plantes sauvages, il devine les dépouilles, les corps rassemblés. Il attend un signe qui ne vient pas. La vieille est toujours là, dans les ténèbres. Elle dit :

– Ne cherche pas. Ils viendront à toi.

Une rafale de vent emporte ses mots. Un voile de poussière passe dans la nuit. Il hurle :

– Quoi ? Je n'ai pas compris.

Pas de réponse. Des gouttes de pluie. La lune se lève entre les branches. Où sont les nuages ? Il ne crie plus. C'est une supplique :

– S'il vous plaît…

Anna attend. Elle guette les bruits de l'autre côté de la cloison. Une pince jetée sur un plateau métallique, un bistouri tombé à terre. Elle imagine les aiguilles qui recousent, le fil de Nylon qui referme les plaies, les points de suture et les pansements. Les gestes qui ressuscitent. Anna aimerait frapper à la porte, proposer de l'aide. Elle n'ose pas. La crainte de le voir inanimé, la peur du sang, de l'éther. D'être ramenée de force au cadavre de Sid sur le bitume. Elle réprime un frisson. Sa vie lui apparaît semblable à une attente sans fin. Il y a longtemps que rien ne dépend plus d'elle. Son existence est entre les mains de ce médecin inconnu, comme elle l'avait placée dans les vapeurs de Proto après la mort de Sid, dans le feu de l'alcool, du sexe, comme elle la remet aujourd'hui dans le regard de ce jeune homme, juste avant qu'il ne s'évanouisse. Elle quitte le salon, gagne une autre pièce. Peut-être une chambre, peut-être un bureau. Le bordel est indescriptible. Elle distingue des livres, d'anciens magazines, des revues médicales éparpillés sur le sol. Pages cornées, paragraphes soulignés, vêtements sales roulés en boule dans un coin. L'odeur dégueulasse. Des verres vides où flotte encore un parfum frelaté d'alcool artisanal. Le couvre-lit marron, le velours froissé. S'allonger, fermer les yeux, que le monde s'efface enfin. Elle cherche une dose de Proto au fond de son sac, ou bien un cachet rescapé de Zoloft. Elle sait qu'elle n'en a plus, cherche encore pourtant. C'est toujours la même excitation, la même fébrilité, les doigts tremblants, le cœur qui s'affole, le désir et la peur mêlés. L'illusion de la vie. Elle sanglote nerveusement, étouffe un fou rire, jette son sac contre le mur. Son carnet ouvert sur la moquette, parmi les bouquins, les revues. Une image verdâtre, presque effacée. Elle vide cul sec le reste d'un verre. Ramasse son carnet, la photographie. Il ne faudrait pas la regarder.

Sur l'image délavée, l'œil droit de Sid, sa bouche, la pommette gauche – celle qu'elle aimait embrasser avant les plus longs baisers. Anna est étendue sur le lit. Elle tient la photo au-dessus de son visage. Elle est incapable de chasser les souvenirs. L'image est floue désormais… Elle écoute les bruits de la maison. Le craquement sourd des poutres, les tensions sous la charpente. Dehors, le blizzard s'affole. Le monde s'effondre.

13

L'enchaînement des saisons, les jeux de la lumière, les cycles de la lune, les planètes alignées. Les brûlures du soleil, la solitude de certaines nuits, les aurores pluvieuses, la dépouille putrescente de ce blaireau découvert un matin au creux d'une ornière. Le fourmillement des vers. La course des tétras à travers les landes rousses, les palombes essaimées qui s'enfuient pour la dernière fois – il le sait. La certitude que sur la frontière une poignée d'ours, quelques meutes de loups demeurent encore pour porter le message des tanières, de l'humus et de l'hiver… La nature poursuit son vaste récit, son roman de ténèbres et de lumières. Elle affirme que le monde est en vie, que rien ne meurt vraiment. Et pourtant, certains signes ne trompent pas. Timothée veut rester ici, sur le chemin d'altitude, dans sa baïta. Il veut entendre ce chant, l'éprouver. Se savoir, se sentir humble devant ses mouvements, ses humeurs, sa volonté irrémédiable. Il est le dernier témoin de la grâce.

Dans la ramure des branches, dans les nervures de chaque feuille, dans la grappe de baies dépouillée, il voit les lignes de sa main, le réseau de veines et d'artères sous la peau claire d'une femme aimée. Le murmure du torrent et le sang qui palpite au poignet sont pour lui le même chant. Il y discerne le même désir. Le même dessein.

Alors, il sort son carnet, et tient le registre de ce qui vit encore.

14

Le matin s'accroche à la fenêtre. Les jeux du vent et des nuages, de la neige, de la pluie. L'intensité sourde de l'hiver, trop féroce pour le cœur. Marie-Jean se réveille lentement. Sous ses paupières, juste avant la douleur, tous les matins se rejoignent, s'animent contre la vitre. Un ciel trempé de boue passe devant ses yeux. La voix de sa mère monte dans la pièce, comme jadis elle s'élevait dans la cuisine pour gagner la chambre des garçons. Puis celle de son père, plus rauque, qui s'étouffe dans une quinte de toux. La colère l'étrangle, il se défend mal.

– Tu n'aurais pas dû y aller ! Tu n'aurais pas dû les vendre. J'y tenais. Tu savais que j'y tenais.

– C'était pour Timothée…

– Ce n'est pas une raison… Tu imagines ma tête, tu imagines ce que j'ai ressenti en les voyant dans la vitrine du Cash Express ?

– J'avais besoin de l'argent. Il me manquait trois cents euros pour son équipement…

– C'est tout ce qui me restait. Tu les as bradés

pour trois cents euros ! Au mont-de-piété, ils t'en auraient donné mille cinq cents ! Au moins !

– Mais j'aurais eu besoin de ta signature pour l'autorisation... Je ne pouvais pas attendre. L'équipement me serait passé sous le nez. Timothée le méritait...

– Bien sûr qu'il le mérite ! Mais moi aussi, je méritais de garder mes bijoux ! C'était à moi. À ma mère avant moi. Qui les tenait de sa mère.

– Je sais ! Toute ta putain de famille a porté les breloques !

– Tu n'as pas le droit de dire ça.

– Ça va, j'ai compris. J'ai juste le droit d'enchaîner les heures au garage pour six balles cinquante. Moi aussi, je sais ce que j'ai perdu en route. Moi aussi...

Marie-Jean n'entend plus rien. La bouilloire siffle sur la gazinière. Le café sera bientôt prêt. Un murmure, de vagues excuses mal bredouillées, une tasse brisée, l'eau dans l'évier métallique. Peut-être un baiser. Une porte qui claque. Les pas de son père résonnent dans la cour. Les cailloux crissent sous ses semelles. Le moteur s'emballe soudain. La volée de graviers dans le sillage de la voiture. Marie-Jean quitte son lit, passe un tee-shirt, un jean, descend à la cuisine. Sa mère est assise près de la fenêtre. Il l'observe, elle ne bouge pas, abîmée dans ses pensées, le regard comme happé. Elle ne voit rien du modeste paysage. La grille du jardin à quelques mètres de la route, le portique auquel les garçons ne s'accrochent plus depuis longtemps, qui rouillent sous la pluie, d'automne en hiver. Le linge trempé sur le fil. Elle regarde ailleurs, à l'intérieur. Ses longs cheveux retenus dans un chignon, son profil indistinct dans la lumière du matin. On dirait qu'elle va s'effacer.

Marie-Jean se sert un bol de café. Elle détourne la tête, un vague sourire aux lèvres.

– Tu as tout entendu ?

– Oui. Il aurait pas dû faire ça.

– Non, c'est lui qui a raison. J'aime ton père, Marie-Jean. Il a fait de son mieux... Ce qu'il pouvait faire.

– Timothée avait pas besoin de l'équipement.

– Peut-être... Mais on a tous besoin de marcher dignement, la tête haute, un jour ou l'autre.

– Désolé, je ne vis pas par procuration.

– Tu sais... ce n'est pas toujours facile de faire face.

Au milieu de la nuit, il a tiré sur elle une couverture. Elle tremblait dans son sommeil. Puis il s'est allongé près d'elle, il a enfoui son visage dans les cheveux de cette inconnue, s'est endormi enfin. Une nuit sans aucun songe, sans cauchemars ni illusions. Au plus près d'une femme, d'un parfum, toutes choses perdues depuis longtemps.

Anna se réveille avant lui. Reste immobile, sent le souffle du médecin dans sa nuque. Les yeux grand ouverts, elle guette les bruits de la maison. Le vent se débat dehors, s'enroule et se déploie. Fauve invisible, toujours en fuite. Elle pense que le type est mort pendant la nuit. N'ose pas bouger. La matinée, la journée entière s'écartent devant elle. Il faudra rebrousser chemin, probablement. Une brûlure gonfle ses yeux. Elle sent les bras du médecin qui lui barrent la poitrine par-dessus la couverture. Rester là, étouffer peu à peu. Il la serre de plus en plus fort, il appelle une femme dans la pénombre. Anna se dégage lentement, se tourne vers lui. Il ouvre les yeux. Elle dit :

– Désolée, ce n'est que moi.

– J'ai parlé ?

– Vous appeliez une certaine Sylvie.

– C'est ma femme. Elle est… Je n'ai rien pu faire. C'est drôle, certains matins, j'ai sur les lèvres le goût d'un baiser que je ne suis même pas sûr de lui avoir donné.

– Je connais cela, ne vous inquiétez pas.

– Vous ne m'en voulez pas ?

– De ?

– De m'être allongé à vos côtés comme ça…

– On n'est pas fait pour rester seul, c'est un truc que j'ai appris aussi.

Timothée se tient dans la pièce, Marie-Jean le voit maintenant. Il porte son sac d'escalade sur l'épaule. Il sourit à la famille réunie sous la véranda. L'effet de la morphine, des antalgiques de contrebande se dissipe lentement. La douleur revient, creuse encore jusqu'à la moelle. Il n'a plus peur désormais, Timothée est à ses côtés, qui se penche pour l'embrasser. Il reconnaît l'odeur de son frère juste après la douche, ce mélange de savon et de mousse à raser. L'eau ruisselle dans son cou, le long des joues hâves. Il donne l'accolade à son aîné, lui souhaite bonne chance. Le visage de Marie-Jean émerge à peine des larges épaules de Timothée. Dans quelques minutes, il montera dans le car en direction de la montagne. Le lendemain, il prendra part à la sélection des meilleurs grimpeurs en ascension libre. Les vainqueurs se verront attribuer une bourse, un contrat de sponsoring, pour enchaîner le programme de leur choix. Timothée rêve des parois américaines. Il n'a pas voulu que la famille l'accompagne. Il attend déjà le moment où il sentira la pierre, la roche sous ses paumes, l'instant où il percevra son parfum, karst ou silex, où ils pourront, elle et lui, débuter leur dialogue.

Marie-Jean devine l'impatience de son frère. Il le regarde piaffer dans son flight élimé, faire encore un effort pour rassurer les parents. Il aimerait partager cet orgueil mêlé d'inquiétude, ce bonheur tendu, mais il reste immobile sur le sofa défoncé, à l'ombre de la véranda, étourdi par le fracas des camions qui accélèrent à deux pas, le ventre noué par la jalousie, les poings crispés au fond des poches pour étouffer la certitude qui monte en lui depuis des semaines et qu'il ne s'explique pas : Timothée va échouer. Il le sait depuis toujours.

– Parlez-moi de lui.

– Votre protégé ?

– Oui, mon protégé, comme vous dites.

– Il va s'en tirer. Il est mal en point, mais il va s'en tirer.

– Qu'est-ce qu'il a ?

– Multiples contusions. Trois côtes cassées, un genou en lambeaux. Fractures du nez, de la pommette gauche, de l'arcade droite, une oreille arrachée – recousue hier… Plus un traumatisme crânien, la colonne vertébrale secouée, la mâchoire aussi, la main droite enflée, les reins douloureux – il n'a pas fini de pisser le sang…

– Il peut marcher ?

– Avec beaucoup de volonté et des béquilles, il devrait pouvoir, d'ici quelques jours… Pour qu'il parle, vous devrez attendre un peu.

– Merci.

– De quoi ? J'ai fait mon travail, rien de plus. Il a eu de la chance, beaucoup de chance…

– Où allez-vous ?

– Ne bougez pas !

Il revient vers elle une enveloppe à la main. Elle discerne mal ses traits dans la pénombre, devine le visage affaissé, la bouche amollie, le regard qui brûle à peine. *Est-ce que j'aurais pu aimer cet homme, l'empêcher de tomber ? Je ne sais rien de lui, des étrangers arrimés l'un à l'autre pour quelques heures.*

Il lui tend l'enveloppe tachée de sang.

– J'ai trouvé ça dans la doublure de son blouson… J'ai cherché ses papiers. Je voulais aussi savoir s'il était armé…

– Et alors ?

– Il ne l'était pas.

– Des papiers ?

– Aucun. Le parfait inconnu.

Anna déchire le papier kraft d'un coup d'ongle. Deux photos tombent sur le couvre-lit. Un mauvais tirage, comme extrait d'une caméra de surveillance. Un clocher tors, la silhouette floue d'un homme, on dirait qu'il détourne le visage devant l'objectif, des sommets au fond de l'image. Et le portrait de deux garçons assis sur le capot d'une vieille 205 Peugeot. Au dos, une date : 17 juin 2006.

Anna et le médecin se penchent sur cette image. Anna s'attarde sur Marie-Jean, la silhouette d'un adolescent, un bras maladroit posé sur l'épaule de son compagnon. Ils fixent l'objectif avec un air de dérision, le sourire aux lèvres, entre insolence et attention. La voiture brille sous une lumière douce. Peut-être un crépuscule à la fin de l'été. La scène entière baigne dans cette lueur apaisée, les visages reposés, les chevelures balayées par la brise, légèrement floues sur le cliché. L'atmosphère de cette époque, près de vingt ans avant les troubles. Tout semblait plus facile alors, et personne ne se doutait, ne s'inquiétait de ce qui allait advenir. Personne n'avait rien vu venir. Ou plutôt, personne n'avait voulu voir. Elle pointe le doigt vers Marie-Jean.

– C'est lui, n'est-ce pas ?

– Je crois, oui…

Ils restent longtemps ainsi, silencieux devant les photos, avant qu'Anna ne les glisse à nouveau dans l'enveloppe. Ils songent à l'étranger, à son visage défoncé, dans la pièce à côté. Ils ne sont pas si différents.

Elle sort un instant, va chercher le sac de sport qu'elle a extrait de la voiture de l'inconnu avant de l'emmener. Ils l'ouvrent ensemble. Presque rien. Trois chemises, un pull de laine, deux pantalons de toile, des chaussettes, une dizaine de slips. Aussi, un maillot de football. Il a la taille d'un enfant.

La 205 efface les courbes à pleine vitesse. Timothée laisse ses pieds décider pour lui. Deux pédales, un seul choix. L'une pour vivre, l'autre pour renoncer. Marie-Jean est sanglé à sa droite. Il voit la route se dérouler devant le capot, les arbres s'écarter, le ciel rouler sur le pare-brise. Les nuages écartelés, le soir griffé par le faisceau des phares, les champs de blé étirés au bord des fossés, pareils à de vastes flaques de lumière pâle. Une immensité laiteuse et tremblante. Juste avant la nuit, le ciel est d'un bleu étrange, minéral, d'une gaieté cruelle, qui vient s'étendre sur les épis d'un jaune intense. Il regarde son frère au volant. La lettre est arrivée dans l'après-midi. Timothée sourit peut-être dans l'obscurité. Le monde, la vie sont à portée de main. Pas d'émotion sur son visage, comme chaque fois qu'un sentiment le prend de plein fouet. Le noir devant, la nuit pour se perdre. Marie-Jean l'observe en silence. Le bruit du moteur emplit l'habitacle. Les vibrations font trembler ses yeux. Le paysage se trouble par instants, le visage de Timothée se dérobe. Marie-Jean devine ce qu'abrite son frère. Dans ces minutes où ils défont leurs liens, où la réalité n'est plus qu'une abstraction pulvérisée par la vitesse, les âmes se dévoilent dans un dernier sursaut. Le trouble combat de Timothée. Contre qui au juste ? Le monde, le système, la famille ? Lui-même ? La certitude de la défaite. Cette nuit, Marie-Jean en est convaincu, son frère le sait déjà : il finira détruit par cette lutte inutile, toute force aspirée. Il comprend que Timothée se tient aussi au seuil de la vie, à une encablure de la victoire. Il ne lui manque rien pour l'emporter. Sinon la dernière énergie, la volonté de réussir.

Rien ne peut plus l'arrêter à présent : voilà ce qu'affiche son regard. Mais dans le pli amer de sa bouche, dans le geste brusque de la main droite jetée sur le pommeau du levier de vitesse, Marie-Jean lit aussi toute l'inquiétude qui retiendra sans cesse son frère. Il comprend que Timothée ne trouvera pas la paix. Le calme lui sera refusé jusqu'à la fin. Il sera condamné à avancer. À fuir. Une destination qu'il ignore. Un but obscur. C'est la vitesse qui le tient debout. L'illusion de l'action. Renoncer ? Mais que faire une fois immobile, sinon s'écrouler. Abandonne-t-on par peur d'échouer ou de réussir ?

Un dégagement sur le bas-côté. La 205 décrit une large courbe dans la terre meuble, Timothée tire le frein à main. Les embardées, un très long dérapage, les pneus, le moteur qui hurlent. La poussière retombe lentement sur la carrosserie.

– Je ne vais pas le faire… Je ne vais pas y aller.
– Pourquoi ? C'était ton rêve, non ?
– Non… C'était le vôtre.

Timothée conduit lentement à présent. Ils vont rejoindre les frères Garin à Épautre, pour fêter ça. Ils ne diront rien. Se saouleront avec eux. Marie-Jean se tait. Il n'essaie pas de dissuader Timothée. Il prend une large inspiration, comme soulagé, se sent sur le point d'exister. Crache par la vitre ouverte, envie de gerber.

La morphine a quitté son corps. Le visage, la voix, le regard de Timothée s'effacent. Seule la douleur demeure. Il est vivant. Il ouvre les yeux. Il pense à son frère. Les larmes s'échappent. Il appelle à l'aide.

15

Il entend fondre le glacier la nuit. Les longs craquements. Et cela le bouleverse. Il imagine le crash d'un avion. Il se souvient de cet accident aérien, le premier d'une longue série. Celui qui, symboliquement, a annoncé la suite. Comme un avertissement. Un Airbus AA540 de la Lufthansa s'était écrasé dans la toundra sibérienne un soir de mars. Dix, quinze ans plus tôt, il ne sait plus. Les rares survivants avaient péri gelés. Timothée se souvient des images. L'une d'elles l'avait frappé. On y voyait un siège de l'appareil au milieu de la steppe. Le passager toujours sanglé. La moitié du crâne enfoncé, le liquide cérébral, le sang marbrant la neige. Quelques semaines plus tard, un artiste contemporain mettait en vente chez Christie's une réplique de la scène. Les enchères monteront jusqu'à 6 257 000 dollars américains. Un mois encore et Timothée lira dans la presse le compte rendu du rapport d'enquête. Il concluait à une défaillance du système d'injection. La cause ? Un kérosène altéré, de mauvais raffinage. Un kérosène appauvri. La fin de l'énergie fossile.

C'est comme une mauvaise toux surgie des tréfonds. Il pourrait presque percevoir les frottements de la roche, les plaques souterraines se déplaçant imperceptiblement. Le ruissellement de l'eau sur les parois, alors que nous sommes au cœur de l'hiver. D'ordinaire, c'est pour lui la musique de l'été, la mélodie de chaque nuit à partir de juin. Les prémices de juillet. Mais ce qu'il aime le mieux, c'est quand le froid s'installe sur ce ruisseau vertical. Il observe l'avancée du gel, la formation des plaques. Un matin, stalactites et stalagmites se rejoignent et fusionnent en une vaste cascade de glace. Quelques nuits encore, et il pourrait grimper.

Cette nuit-là, il comprend qu'il sera bientôt impossible de grimper sur les cascades.

16

Ils sont à la porte, les bras ballants, les yeux baissés. Dehors, le moteur de la voiture ronfle doucement. Le médecin a rempli le réservoir d'Anna. Lui n'ira plus nulle part de toute façon. Elle aura de quoi rouler jusqu'au bout du chemin… Le chauffage tourne à plein régime. Marie-Jean attend parmi les coussins et les couvertures, sur la banquette arrière. Les fenêtres sont couvertes de buée. Il guette Anna, sa silhouette floue derrière la vitre. Elle a dit qu'elle l'accompagnerait jusqu'au village sur la photo, jusqu'au clocher. Après… Après, il se débrouillera.

Le médecin la prend dans ses bras, elle se serre contre lui. Le désir s'est échappé. Deux solitudes jetées l'une contre l'autre. Ils découvrent un territoire aux frontières mal bornées. Nulle part ailleurs où aller. Il est trop tard. Pas la peine de nourrir de regrets. Alors ils se serrent jusqu'à n'être plus qu'une ombre compacte, aux contours indécis. Un bloc d'obscurité. Le médecin glisse un trousseau de clefs dans la poche d'Anna, une enveloppe gonflée par quelques billets.

– J'ai dessiné un plan… C'est un chalet au bord du lac de Chamblin. Vous devriez vous y arrêter quelques jours. Vous reposer, vous et lui. Il en aura besoin. Et… vous aussi.

Elle le dévisage un moment. Ils se serrent encore. Il y a tellement de solitude, d'amour, de violence et de chagrin dans ce monde. C'est peut-être la même chose.

La route est longue jusqu'à la frontière des Carrés Est et Sud. Anna conduit lentement. Il ne neige plus depuis deux heures. Elle distingue au loin de longues fumerolles incandescentes. Elle songe aux hordes, à ce qu'elles répandent dans leur sillage. La souillure, la mort, la pourriture. Puis des nuages aux teintes de plomb aspirent les lueurs et la route s'étend à nouveau entre les champs et les premiers contreforts. Le ruban de bitume serpente à perte de vue, jusqu'à devenir un point aveugle, un bloc assombri sous le ciel de cendre. Anna ne veut penser à rien. Rouler, quitter le passé. Elle espère seulement parvenir à se détendre, que ce nœud au creux de sa poitrine pourra se dénouer enfin. Trouver une respiration plus ample, desserrer l'étreinte. Lui échapper, oublier Sid. Elle accélère. Dans son dos, Marie-Jean s'agite, laisse échapper un grognement. Son visage se durcit. Un mauvais rêve.

Son fils crie sur le seuil de leur chambre. Il vient de les surprendre. Une nouvelle dispute, qui tourne mal. Marie-Jean a saisi le cou de sa femme. Avec la volonté de l'étrangler. Que les mots lui rentrent dans la gorge, l'étouffent, qu'elle crève. Mais quels mots ? Il les a déjà oubliés. La violence les efface, le submerge. Il n'est plus que son geste, les muscles du bras bandés, le poing serré sur le cou de Claire. Il sent sous ses doigts le sang battre, affolé. Les yeux de Claire roulent en tous sens. Elle cherche un refuge du regard. De quoi se défendre, un objet pour le frapper, se dégager vite, avant qu'il ne l'étrangle. Il n'y a rien. Juste la peur. Déjà les forces lui manquent, elle va s'évanouir. Il la sent qui renonce, la tient, la colère le dévore. Plus de conscience, nulle pensée, juste la violence, une vieille compagne longtemps empêchée et soudain libérée. Une liberté totale. Une jouissance froide, tendue, un plaisir coupant, acéré. Loin de toute conscience, il n'existe plus, il est le maître. Il sait qu'il va la tuer, qu'elle va payer enfin. Pour la déroute et l'exil intérieur, pour le boulot minable, les sourires en coin, les moqueries dans la rue quand il distribue à la ronde les prospectus KFC, pour le costume grotesque qui pend sur la porte de l'armoire – et qu'il a dû payer lui-même –, les plumes sur la moquette, le masque de poulet à la crête écarlate, cette cagoule immonde, l'ovale noir et vide où chaque matin son visage apparaît, son reflet dans les vitres de la bagnole au moment de prendre le volant, clown sinistre qui part bosser avant le jour pour que son fils ne le voie pas. Elle se débat à nouveau, ultime sursaut, ses pieds frappent la cloison. La lumière se cogne à la fenêtre. Il serre. Elle paiera. Pour le silence, les questions sans réponse. Pour une vie qui n'aura jamais vraiment commencé. L'humiliation, le dégoût, la lente agonie des jours, et les nuits sans recours. Une seule force à présent, une seule volonté. Voilà, elle cesse de lutter. Des cris lui parviennent. L'espace d'une seconde, il délaisse sa proie. Le visage de son fils apparaît. Sa bouche ouverte, ses yeux pleins de terreur. Marie-Jean relâche sa prise, la repousse sur le lit, elle tombe, se roule en boule sur la couverture rouge, craint d'autres coups. Il bouscule son fils, quitte la pièce. Songe qu'il l'avait tenue serrée contre lui, empli de désir et les mains douces et le cœur offert, qu'ils avaient fait l'amour et un enfant dans ces draps-là, sous cette couverture couleur de sang. Il dévale l'escalier, les entend pleurer dans son dos. Où trouver la force de fuir, pour quel espoir ? La veille au soir, alors qu'il rentrait sous la neige, son fils l'avait vu traverser le jardin endormi. Il portait son costume, le masque du coq pendait sur son épaule. Il revoit le visage étonné du gamin derrière la vitre embuée, le regard détourné d'un coup.

Il se débat dans son sommeil, elle finit par le réveiller. Il jette sa jambe blessée contre la portière. Étouffe des cris, une sorte de gémissement violent, impossible à réprimer. Les yeux ouverts, Marie-Jean reste interdit. Il n'ose pas un geste, de peur de raviver la douleur. De voir apparaître à nouveau le visage de son fils, la surprise, la honte dans son regard. Anna dit qu'ils viennent de dépasser Ramus. La montagne n'est plus si loin. Elle ment.

Anna stoppe la voiture sur une aire de repos abandonnée. Une neige salie, grisâtre, recouvre ce qui fut un parking. Une balançoire aux chaînes rouillées vacille sous le vent d'est. De grands arbres décharnés se penchent au loin. Un toboggan rouge et jaune menace de s'écrouler sous le poids de la neige, sous les rafales glacées. Les couleurs vives paraissent obscènes dans le paysage. Elles rayent ses yeux fatigués, griffent leurs globes douloureux où palpite un sang lourd. Un sourire amer. Tenir encore un peu. La frontière du Carré Sud n'est plus si loin. Elle l'imagine qui scintille au bout de la route, suit les pointillés sur la carte froissée que lui a donnée le médecin.

Avant de démarrer, elle a fixé au tableau de bord l'image du village à atteindre. Une autre aussi, la page arrachée d'un livre d'art. Les vibrations du moteur font trembler les clichés, donnent l'illusion d'apparitions fragiles, qui menacent à chaque instant de s'évanouir. Elle songe à la nuit tirée sur le clocher, un dais de velours sombre sous lequel s'étendre pour dormir. Le médecin a trouvé l'endroit exact et le nom du bled dans l'un de ses beaux livres consacrés au Pays d'Avant. Le clocher tors avait attiré son attention. Il s'était plongé dans ses ouvrages, revenant vers elle avec la photographie de l'église, des montagnes en toile de fond. Elle songe aux sommets, à l'air rare et pur. Là-bas, elle pourra se reposer, oui. Là-bas, ce mensonge lointain.

Elle prend la main de Marie-Jean, lui sourit. Il essaie de parler, fixe le cliché avec intensité, revient vers elle qui pose sa main sur son front.

– C'est là que nous allons, ne vous inquiétez pas. Nous y serons bientôt. Peut-être pas aujourd'hui… ne rêvez pas ! Ce serait trop de route pour vous, cela vous épuiserait. Nous nous arrêterons ce soir à Chamblin, sur le lac. Nous y resterons un jour ou deux, peut-être plus, ça dépendra de votre état. Mais je vous promets que je vous conduirai là-bas, OK ?

Il acquiesce d'un hochement de tête qui lui arrache des larmes. La nuque prise dans un étau, le dos comprimé, une gangue qui semble le tenir reclus, pourrait l'étouffer s'il ne luttait pas avec tant d'acharnement.

– Ne parlez pas, surtout. Votre mâchoire est fragile. Tenez, j'ai quelque chose pour vous.

Anna fouille dans son sac, en ramène un carnet à spirales, un feutre noir trouvés dans le cabinet du médecin.

– En attendant que vous retrouviez la parole…

Marie-Jean prend le bloc et le stylo de sa

main valide, les pose sur sa cuisse, essaie d'enlever le capuchon du feutre.

– Laissez-moi faire, je vais vous aider.

Elle se penche sur lui, il retrouve son parfum, et cela le rassure sans qu'il sache pourquoi. Elle est là, c'est tout. Anna ouvre le bloc à la première page.

– Voilà, ce sera plus facile !

D'une main maladroite, Marie-Jean trace quelques mots sur le papier quadrillé. Il suit mal les lignes, une écriture hésitante, qui dérape : « Je suis Marie-Jean, et vous ? »

– Moi, c'est Anna.

Il la regarde longuement. Elle ne détourne pas les yeux. Ne sourit pas. Elle devine qu'il cherche une réponse. Peut-il avoir confiance ? Alors elle soutient son regard. Elle se sent étrangement calme. Sûre d'elle, pour la première fois depuis longtemps. Elle sait ce qu'elle fait, n'abrite pas le moindre doute. Il baisse les yeux sur le bloc, écrit à nouveau : « Merci. »

– Plus de merci entre nous, d'accord ? On y va ?

Marie-Jean baisse les paupières, elle enclenche la première. La route est dégagée, la voie est libre. Pour combien de temps ?... Il ferme les yeux. Claire et leur fils, Timothée aussi, ils se tiennent ensemble. La douleur le reprend. Il ne lui reste rien que ces visages. Leur perte. Il aurait pu en crever. Il comprend qu'il ne mourra pas, c'est peut-être pire encore. Un cœur noir palpite au fond de lui. Un bloc de nerfs, indestructible, forgé par la solitude et le chagrin. Ce n'est pas de la volonté, ni du courage, encore moins de l'orgueil. C'est le pouvoir instinctif, le désir irraisonné de s'accrocher à soi-même. La folie tenace d'exister. De se vaincre pour survivre.

Elle parle seule au volant. Sa voix douce, voilée, emplit l'habitacle, couvre la rumeur du moteur et le bruit du chauffage. Elle commente les beautés tristes du paysage. S'attarde sur un étang gelé, une ferme isolée au milieu d'un champ de neige. Ou bien elle raconte une vieille histoire. Le souvenir d'une échappée en Normandie avec Sid, la chaleur du soleil, les après-midi à la plage, la douceur de vivre. Ou bien elle évoque son émotion à Parme devant la fresque du Corrège. Les yeux levés vers le dôme de la cathédrale. Cette assomption de Marie, où l'on voit le Fils aller à la rencontre de sa mère, lui tendre la main, l'accueillir. Elle se souvient qu'un métier l'attendait alors, qu'elle était aimée, que la vie s'ouvrait devant elle… Elle change de sujet. Retrouve une amie de lycée perdue de vue – aura-t-elle survécu aux troubles, à l'épidémie ? Juste le plaisir de parler, de partager ses sentiments. Quand elle n'a plus rien à dire, aucune histoire à raconter, elle lit les panneaux plantés au bord de la route. La plupart sont criblées de balles, de plomb. Chaligny, Bléneau, Quarré. Parfois, le ciel se dégage d'un coup, pour quelques secondes seulement. Ils aperçoivent alors les premières crêtes, peut-être les glaciers qui brillent sous le soleil. Puis les nuages reprennent le paysage, aspirent la lumière. Dans ces moments-là, Anna est inquiète. Elle parle plus vite, bute sur les mots. Elle cherche le regard de Marie-Jean dans le rétroviseur, un geste, un assentiment. Il hoche la tête, elle sourit, reprend son monologue. Il l'observe un instant. Il la devine assaillie, cernée de toute part. Il sait qu'il peut avoir confiance.

Anna parle depuis des heures maintenant. Marie-Jean ne proteste pas. Cela l'apaise au contraire, l'éloigne des cauchemars qui le submergent dès qu'il s'assoupit. La voix d'Anna résonne doucement, un fond sonore qui le protège encore. Il n'ose plus fermer les yeux, lutte contre le sommeil en s'attachant au paysage qui défile derrière la vitre. Longue toile blanche griffée, hantée l'espace d'un instant par une grange, un camion renversé au bord de la route, dans la neige et la boue.

Soudain, Anna cesse de parler. Un long van éventré menace de tomber dans la rivière. Elle s'arrête. Plus personne à aider. Une mare de sang gèle sur le pare-brise, l'ombre du corps dans le fossé, à moitié décapité. Les chevaux hennissent plus loin, de l'autre côté de la route. Ils sont si maigres, ils ne tiendront pas longtemps. Leur pelage dégueulasse, marbré de gale, de parasites. Elle pourrait compter leurs côtes. Leurs pupilles sombres, immenses. Deux d'entre eux, moins chanceux encore, tentent de gravir la combe qui s'élève au-dessus de l'Isère en crue. La terre gelée, la neige, la boue les empêche de regagner la route. Ils s'épuisent au fond des fossés. Leur lutte est sans espoir. Un hongre bai renonce le premier. Son regard affolé. Il glisse d'un coup, les membres raidis soudain, la tête seule battant l'air. Sa crinière bistre balaie la neige jusqu'à l'eau glacée. Il disparaît en quelques secondes. Les flots couleur de plomb l'engloutissent d'un coup. Une crête d'écume brûle un instant. Anna demeure immobile devant la scène, stupéfaite, quand les premiers hurlements la saisissent. Marie-Jean cogne à la fenêtre. Un coup de couteau dans la main. Anna revient en courant vers la voiture. Elle aperçoit la meute, qui s'encadre dans la vitre, en refermant la portière. Des loups. Les chevaux s'effacent en tremblant de la lunette arrière et le silence règne longtemps dans l'habitacle.

17

Il a envie de pisser. Se retient depuis plus d'une heure. Chaque ornière, chaque trou dans ce qui demeure de bitume est un supplice. Mal aux reins, le bas-ventre en feu. Il ne peut plus lutter, ouvre enfin le bloc-notes, griffonne quelques mots. Un grognement, un regard dans le rétroviseur. Elle s'arrête immédiatement. La bagnole glisse un peu, s'immobilise. Elle lit le message. Ne sait pas quoi faire. Il n'est pas en état de sortir, ne tiendrait pas debout. Ils se regardent, Marie-Jean grimace. Elle plonge la main sous le siège, ramène son sac, une bouteille vidée depuis longtemps. Fouille sa besace, trouve enfin ce qu'elle cherche. Avec ses ciseaux à ongles, elle découpe le plastique, jette le col de la bouteille, tend le récipient improvisé à Marie-Jean. Il reste impuissant, la bouteille sectionnée dans sa main blessée. Alors Anna s'avance, se penche vers lui, défait doucement sa ceinture, fait glisser le pantalon prêté par le médecin, puis regarde ailleurs. Un couple de chiens abandonnés, ensauvagés, avance tête baissée dans la prairie immaculée. Ils cherchent leur chemin, la tempête les aura égarés. Le vent couche leurs oreilles, court dans les pelages ternis. Avec une seule main, Marie-Jean n'y arrive pas. Il grogne encore. Les yeux d'Anna reviennent sur lui. Elle comprend, glisse sa main dans le caleçon de Marie-Jean et prend sa queue. De l'autre main, elle approche le récipient, et il se libère enfin. Étouffe un cri de douleur, grimace violemment. Elle détourne le regard. Les chiens ont disparu. Ils aboient dans le lointain. Ensuite plus rien, le silence.

Anna dépose la bouteille ouverte sur le siège avant, le rhabille sans le regarder. Puis elle sort, le récipient plein d'urine à la main. La sensation de chaleur contre sa paume. Elle fait quelques pas, lance le liquide brunâtre d'un geste sec, observe la pisse qui brûle la neige. La tache sombre des caillots. Le sang.

Ce sont encore les mêmes paysages. La même tristesse étendue sur les champs, déposée au bord des fossés. Des congères d'un gris sourd, où les feuilles mortes se mélangent à la neige gelée. Les mêmes traces abandonnées par les hommes. Par les hordes, les milices, leurs victimes. Elles paraissent obscènes, comme soulignées par la neige. Les casses de voitures, gardées par des clebs dangereux – autant d'armes. Leurs langues rouges, les crocs brillants, leurs courses rageuses, à peine retenues par une lourde chaîne qui se tend d'un coup. Leurs cris de rage, étranglés. Les épaves à moitié ensevelies, les carcasses rouillées, le souvenir des incendies sur les tôles déchirées. Ils longent des cimetières improvisés au milieu de nulle part, perdus sous un linceul humide. Ils aperçoivent les croix de fortune, mal alignées, et les visiteurs courbés sous le vent. Silhouettes découpées sur les chemins boueux. Les béquilles et les fauteuils roulants, les manches des vareuses et les jambières de pantalon qui flottent dans l'air glacé. Anna les dépasse à faible allure. Marie-Jean saisit leurs visages défaits, leurs regards sourds. Il songe à ce pays comme à un immense cimetière. Il songe à son fils mort. Il roule vers son frère.

Il suffit d'une pensée et le passé s'engouffre, le laisse à la merci d'un visage. Timothée, les frères Garin, les champs de maïs à la tombée du soir, qui s'étendent à l'infini, si haut qu'ils bouchent l'horizon et envahissent le ciel au moment où le soleil se noie parmi les épis lumineux. Le bruit des lances à eau sans cesse en action, de l'aube jusqu'à la nuit. Les bouteilles de bière dans la glacière, les éclats de rire, les blagues de mec. C'est encore l'une de leurs virées. La 205 et la Twingo pourries en contrebas d'un terrain désert appartenant à la commune sur la route de Flaysses. Les frères Garin sont déjà là quand Timothée se gare. Ils ont vidé quelques Kro. La glacière est ouverte à l'arrière. Il est temps d'allumer les phares. Des heures à boire et à déconner. À se demander ce que deviennent les rêves quand ils ne se réalisent pas. Des mensonges, des poignards ? Nico parle des reportages, des guerres qu'il couvrira un jour,

Franck du régiment d'infanterie de marine qu'il veut rejoindre. Marie-Jean se tait, et Timothée vide bouteille après bouteille. Ils se connaissent depuis l'enfance. Les frangins évitent de le regarder. Sans l'avouer, ils lui en veulent d'avoir lâché l'affaire, refusé la bourse, le contrat publicitaire. Mais Franck ne peut s'empêcher de remettre ça sur le tapis :

– Putain ! Tu peux pas tout laisser tomber comme ça ! Timothée ? Tu m'écoutes ?

– Je t'entends. Ça me suffit.

– À quoi ça va servir ? Tu veux aller bosser avec ton vieux, au garage ? Les mains dans le cambouis, puant l'huile de moteur jusqu'à la fin de tes jours ?

– C'est une vie comme une autre.

– Mais c'est pas la tienne, putain ! Ça peut pas être ça, ta vie ! Ta vie, c'est de…

– Qu'est-ce que t'en sais de ma vie, pauvre con ? Qu'est-ce que tu sais de moi ? Rien ! Ce n'est pas parce qu'on se saoule la gueule tous les samedis soir ensemble qu'on se connaît.

Franck se tait. Le sang paraît refluer de son visage. Il est très pâle dans le faisceau des phares. Marie-Jean regarde son frère, les muscles tendus sous le tee-shirt gris. Il voudrait être ailleurs. Il observe Timothée, se sent impuissant à l'aider. Depuis plusieurs semaines, il le regarde s'écrouler peu à peu. Il ne fait rien. Le silence s'installe entre eux. Nico est assis sur le capot de la Twingo. Son regard sombre brille dans la pénombre. Sa voix est triste, atone :

– C'est vrai qu'on ne se connaît pas. Tu as raison. Mais pour nous, que tu le veuilles ou non, tu étais notre meilleur espoir. Je crois qu'on rêvait tous de te voir quitter ce bled. Toi seul en avais la force. Mec ! tu as ce talent incroyable… Nous, si on se barre d'ici, on n'est plus rien. Plus personne ne nous connaît. On n'a que la famille et les potes pour exister un peu. Ne pas rêver trop fort. Rester digne. Je veux dire, sans trop de regrets. Nos rêves, ils se réaliseront peut-être jamais. Mes rêves… Je serai juste content de les avoir eus, c'est tout. Je tâcherai de m'en souvenir aussi longtemps que je pourrai. Mais toi, tu t'en voudras toujours d'avoir laissé tomber. Et nous, chaque fois qu'on te croisera dans la rue, chaque fois qu'on se saoulera ensemble, on pourra pas s'empêcher de penser à ce que tu aurais pu devenir. Pour nous, à notre place. Tu comprends ? Tous nos efforts pour rester debout, pour vivre simplement, tu les foutras en l'air à chaque fois qu'on verra ta gueule. Tu nous rappelleras qu'on a tous échoué. Tu seras comme… une espèce de cancer. Un truc qui va nous ronger soir après soir. Un remords vivant.

Timothée balance sa bouteille dans le champ. Le vent court entre les épis qui frémissent. Le murmure dans les feuilles. Un long mouvement qui ondule sous le ciel d'été. Le bruit des capsules de bière dans l'obscurité… Puis la voix de Timothée, presque inaudible.

– T'es trop gentil, Nico… Et tu feras un bon journaliste. Mais j'ai rien à vous dire. J'ai pas à m'excuser. C'était au-delà de mes forces, c'est tout. Crois-le ou non : c'était au-dessus de mes forces.

Il ne veut plus qu'elle s'arrête maintenant. Chamblin, le lac sont au bout des lacets qui serpentent à présent vers l'horizon. Il tiendra le coup. Lorsqu'elle l'interroge, il répond sur le bloc-notes : « Ça va aller. » Elle voit l'écriture de Marie-Jean plus tremblante chaque fois. Illisible à la tombée du soir. Chamblin est à quatre ou cinq heures. La fièvre l'a repris. La sueur brille sur son front. Elle accélère. Les cahots le transpercent. Il rêve un moment, retrouve Timothée dans leur chambre. Ils viennent de quitter les frères Garin. Ils fument sans un mot. Les cigarettes grésillent. Les cercles incandescents éclairent par à-coups leurs visages. Timothée jette sa Camel par la fenêtre, Marie-Jean l'imite. Ils n'ont pas besoin de parler. Timothée fouille dans son armoire, en ramène la page déchirée d'un magazine de montagne. Le papier est épais sous les doigts, lisse et soyeux. Marie-Jean la tient avec précaution. Timothée craque une allumette. Sa voix est étrange après tout ce silence :

– Ils ont tort, les Garin... Il y a toujours quelque part où aller.

Le village, le clocher tors, les sommets brillent un instant dans la pénombre. La flamme s'épuise. Il disparaît.

18

Il neige sur Chamblin, sur le lac. Depuis l'aube, un rideau de brume s'étire près des arbres nus. Une lueur nacrée, parfois mauve, parfois bleutée, monte de la surface gelée. Les flocons tombent lentement. Le temps, la vie s'arrêtent sur la grève. On pourrait croire que rien ne s'est passé, que le pays n'a pas sombré dans le chaos, que l'Europe entière ne s'est pas écroulée. Quant au reste du monde, comment savoir désormais… Pourtant, en y prêtant un peu attention, l'évidence s'affirme. Les chalets ont leurs volets clos, les canots sont absents ou bien éventrés, les bateaux sur cale ont été dépecés pour en retirer du bois de chauffage, les jardins sont couverts d'immondices. Un peu plus loin, la cloche de l'église gît sur le sol, à moitié défoncée, les chiens rôdent, maigres et galeux. Et sous la surface gelée du lac, pris dans les eaux immobiles, les cadavres égorgés.

Anna ferme la fenêtre du chalet. Elle ramène son chandail sur ses épaules. Le feu hésite dans la cheminée, le bois est humide. Davantage de fumée que de flammes. Une odeur de laine mouillée, de cuir boucané flotte dans la chambre. Les bûches mal taillées, les branches étiques crépitent peu à peu. Une lumière nouvelle brille sur les murs, au plafond, éclaire les planches et les poutres d'une teinte d'incendie. Une fièvre soudaine.

Marie-Jean est étendu sur le lit poussé près de la fenêtre. Oreillers et coussins le soutiennent. Il garde les yeux ouverts, pareils à deux miroirs opaques où glissent les nuages et les bourrasques de neige. Elle a tiré sur lui toutes les couvertures qu'elle a pu trouver. Les draps, au fond de l'armoire, étaient humides et glacés. Impossible de les sécher. Plus d'électricité dans la maison. Par instants, elle a l'impression d'entendre Marie-Jean claquer des dents.

Il lui a fallu du temps pour le déshabiller. Mille précautions. Prenant garde de n'aggraver aucune blessure. Elle a décidé de remettre au matin les nouveaux pansements. Il s'est laissé faire, les yeux baissés, s'attachant à devenir presque absent. Un simple objet, aussi inanimé que possible. Elle l'a mis nu, a jeté dans un coin les sous-vêtements trempés de sueur, l'a séché longuement à l'aide d'une serviette. Puis elle l'a enroulé dans un vieux peignoir qui attendait devant la cheminée. À présent, le vêtement a une odeur étrange. Un mélange de bois pourri et de braises.

Les couvertures remontées jusqu'au visage, il grelotte encore, refuse de s'endormir, la peur des cauchemars au fond du regard. Elle prend sa main et reste ainsi de longues minutes, avant qu'il ne sombre enfin. Installée dans un fauteuil couvert de velours bronze, Anna tire contre elle la dernière couverture, prête à veiller sur lui toute la nuit. Elle finit par trouver le sommeil à l'instant où le visage de Marie-Jean, où le visage de Sid s'estompent vaguement dans son esprit.

Marie-Jean, happé par la fièvre, se rapproche du gouffre, du modeste cortège rassemblé sous la pluie. Une pluie drue, constante, qui attaque de biais le cimetière. Seuls les plus proches se sont déplacés, les derniers survivants. Franck Garin est seul, Nico est mort très vite, en voulant couvrir les premiers soubresauts, les premiers assauts contre la Caserne générale de la gendarmerie, son dépôt d'armes et de munitions.

Dans le cortège, celui des obsèques de son fils, ils se rappellent tous ces nuits-là. Les images avaient circulé longtemps avant la fin du Web. Elles flottent encore dans les esprits, les regards. Les mouches dessinent des taches sombres sur le visage des cadavres. Le silence est assourdissant. Les combats reprendront à la nuit. Les balles traçantes, l'impact des grenades éclairent les ténèbres, jettent sur les façades abîmées une lumière crue où s'agitent des silhouettes courbées sous le poids d'un lance-roquettes. Un gendarme fauché par une rafale. Alors, on entend les cris des hordes à l'assaut, les hurlements d'un blessé esseulé dans le noir. Et même, quand les armes automatiques se taisent un instant, les gémissements de celui que l'on tarde à achever résonnent dans l'obscurité. Les murs zébrés d'éclairs jusqu'à l'aurore. La

Caserne générale tient encore. Plus pour longtemps. Les hordes ont coupé la route du ravitaillement. On a retrouvé les têtes tranchées le long de la départementale C67. Les gendarmes sont condamnés à tenter chaque nuit des sorties suicidaires pour aller chercher des vivres, de l'eau. Ceux d'en face les tirent alors comme des garennes sous la pluie. Le sang donne aux flaques l'aspect moiré d'un velours. C'est en s'approchant de l'une des victimes, son boîtier à la main, que Nico a pris une balle. Derrière la cuisse. Puis une autre, alors qu'il tente de se mettre à l'abri, dans les reins. Encore une à l'épaule, parce qu'il rampe encore. Posté sur le toit de l'ancienne gare de marchandises, le sniper prend son temps, ajuste sa cible jetée dans la boue. Nico va crever comme un mauvais clebs. Pour rien. Parce que les hordes, les chasubles orange haïssent les reporters, les journalistes. Parce qu'ils sont pour eux au service des banques, des juifs. Dans deux heures, la Gendarmerie générale sera tombée. Pillée. Les armes, les munitions, les camions, les blindés légers seront emportés, distribués à travers tout le pays. Dans deux heures, les gendarmes seront tous exécutés d'une balle dans la nuque. On ne retrouvera pas le boîtier, les cartes SD de Nico. Personne n'aura vu ses images. Ne saura qu'il avait du talent. La dernière balle, en pleine tête.

Dans le cortège trempé de pluie, il y a quelques copains d'enfance, une poignée de types, de paumés. Au mieux, ils avaient enchaîné les petits boulots avant de toucher les cotisations chômage puis de prétendre enfin au RSA. Jusqu'à ce que plus personne ne touche rien. Leurs baskets abîmées, leurs tee-shirts froissés sous un blouson de jean au col de mouton factice. Les regards voilés par les vapeurs de shit, d'alcool, plutôt que par la peine et le chagrin. Comme si l'indifférence l'emportait. Non pas le symbole de leur génération, mais plutôt le signe de l'état réel de la société depuis longtemps. Avilie. Marie-Jean essaie de se tenir debout. Son long corps replié, presque recroquevillé, le regard absent, son visage clos. Il n'a pas eu une larme. Il n'est plus que ce corps, ou plutôt une enveloppe charnelle plantée là, tel un totem, une effigie sculptée. Il s'est échappé de ce théâtre, refuse que la douleur l'atteigne, ou l'altère. Sa main tremble sur la croix de cuivre rivée au coffret de bois verni, blanc, ruisselant de pluie. Ce n'est pas le Christ crucifié qu'il caresse, mais le visage de son garçon. Les parapluies agités par les rafales de vent, qui s'entrechoquent, se retournent. La pluie commence de disloquer la gerbe de fleurs posée sur le cercueil de Bastien. Elle a quelque chose d'obscène. Elle représente une espèce de gros poisson. En souvenir des parties de pêche du gamin avec son père. Ce gamin mort noyé au fond de la rivière. Une truite de pacotille, un dauphin de pétales fragiles arrachés par l'averse. Peu à peu, ceux-ci commencent de tacher le cercueil, de le maculer de teintes vives, bientôt délavées, qui dégouttent à ses flancs. Marie-Jean tente soudain d'essuyer avec sa manche le cercueil de son fils, étalant davantage encore le mélange triste des couleurs, alors que le prêtre invite à une dernière prière. Il pleut sans discontinuer, il pleut depuis des jours. À l'instant où le cercueil du môme, tenu par deux cordes, atteint enfin le fond de la tombe, un puissant rayon de soleil surgit du ciel plombé, jaillit sans se ménager aucun espace, sans repousser aucun nuage, tel un coup d'épée qui pénètre des chairs se refermant déjà sur la lame. Alors la pluie cesse d'un coup, et ce rai brûlant, d'une teinte d'acier, va se ficher sur le couvercle du cercueil. La seconde suivante, le soleil est aboli et la pluie s'acharne sur le cimetière.

Le cri de Marie-Jean. Elle prend sa main, il détourne le visage. Doucement, Anna le ramène vers elle. Il la voit enfin. Elle l'interroge du regard. Il prend le bloc-notes posé à ses côtés. Les doigts crispés sur le stylo. Il n'y a rien à répondre. Le carnet retombe sur les genoux de Marie-Jean. Elle reste là, une main dans la sienne. Le vent frémit contre les vitres. S'engouffre par la cheminée. Les flammes s'affolent. Un mouvement doré contre les murs. Anna connaît ces moments. Il ne faut pas laisser le désespoir s'installer. Alors, elle va mettre un fond d'eau à bouillir sur le réchaud à gaz, s'apprête à changer ses pansements, à faire sa toilette.

Le sang a séché sous la gaze. Marie-Jean grimace quand elle retire les bandelettes de tissu souillé. Elle trempe son gant de toilette, l'essore. Un liquide antiseptique flotte à la surface de la bassine d'émail, qui donne une teinte glauque à l'eau frémissante. Elle essaie d'être détendue, relâche les muscles de la main, du bras, de la nuque. Comment ne pas le blesser ? Elle approche le gant des plaies, effleure la peau abîmée, la sent tressaillir, retient son geste. Il écrit : « Allez-y franchement. » Elle reprend sa tâche, voit la peau se rétracter sous la douleur, le sang refluer sur son visage et couler encore des blessures. Dans la bassine, l'eau se colore de volutes sombres. Elle tord le gant, ses doigts sont tachés de sang, ses mains disparaissent sous la surface rougie. Elle continue, passe les baumes, les onguents, recouvre les plaies de gaze et d'une large bande Velpeau. Marie-Jean est livide. La sueur, le frisson qui court le long de l'échine. La fièvre soudaine. Ce coup de dague dans les reins.

Anna a changé l'eau de la bassine, l'a mélangée au vieux savon qui traînait sur le lavabo. Elle le lave. Apprend son odeur. Il la laisse faire. La dernière barrière est tombée. Il ne la regarde pas, il attend. La sensation tiède sur son corps. Il n'a plus mal. Ferme les yeux. Cela pourrait ressembler à la vie. Même au bonheur. Se rendre ainsi, tout oublier. Elle le sèche. Elle a trouvé des sous-vêtements. Sa queue disparaît sous le coton blanc. Elle sourit. N'avait plus ressenti cela depuis longtemps. La sensation d'être importante pour quelqu'un. Elle devine qu'il ne faut pas s'en défendre, qu'il ne faut pas résister.

Elle l'installe dans le fauteuil, une couverture tirée sur les jambes. Il neige et le lac disparaît dans le brouillard. Il griffonne : « Pourquoi fais-tu ça ? » Elle lit, ne répond pas. À quoi bon ? Est-ce qu'on connaît jamais les raisons ?

19

Il y met de la délicatesse. Ces choses-là, il faut les faire bien. Respecter l'animal jusqu'au bout. Ce n'est plus de la chasse, sinon. Mais un massacre, un assassinat honteux, dissimulé au fond des bois. Timothée peut presque entendre son père, les conseils qu'il distille à voix basse. Il revoit le vieux penché sur la dépouille du chevreuil alors que lui-même s'agenouille à présent aux flancs du bouquetin qu'il vient d'abattre. Ses pupilles encore humides, le mufle chaud, et le dernier souffle comme suspendu dans l'air glacé. Une ultime haleine. Cette émotion, son ambiguïté. Le plaisir d'avoir atteint sa cible, d'avoir tué proprement, ce plaisir sauvage d'avoir pris une vie, et puis cette nuance de chagrin, de regret, toujours. La violence et la douceur, au cœur de tout homme. Il ne s'attarde pas, sort le tire-gibier de son sac, l'enroule autour de sa taille, passe le licol autour du cou de l'animal. Une dizaine de mètres jusqu'au premier arbre, une traînée de sang dans la neige. Maintenant il tire de l'étui le couteau de chasse. Un Buck 119, le meilleur à ses yeux. Le même que celui de son père, aussi. Les souvenirs l'assaillent, leurs parties de chasse, les longs silences, les coups de feu soudain, et puis le bruit de leurs pas sur les chaumes, les odeurs de l'été quand il atteint les premiers matins d'automne. Le bonheur d'être ensemble.

Timothée passe la sangle autour du tronc, retourne le bouquetin sur le dos, les pattes avant bien écartées. Puis commence son office. Il retire ses gants – ce n'est pas prudent, son père l'engueulerait pour ça. Il pique d'abord la peau, la coupe, la pointe à peine sous la peau du ventre. Il maintient les pattes arrière écartées à l'aide de ses genoux, passe un doigt, puis deux, le couteau enfin. De la main gauche, il sort la panse de l'animal. Brise le sternum avec sa lame, ouvre totalement la dépouille, comme on écarte les rives d'une large plaie. Il attrape la trachée, glisse le Buck en dessous, puis la sectionne d'un coup. L'instant d'après, il extirpe les tripes, en prenant bien garde de ne pas rompre la vessie. La voix de son père, en écho, *fais doucement, mon fils, tu vas gâter la viande sinon*. Il tranche encore, plus bas maintenant, prend bien appui et brise la symphyse pubienne. Un coup sec. Le craquement, l'articulation du bassin que l'on brise. Il a presque fini. Ses mains sont couvertes de sang, chaudes à nouveau. Puis il remonte à la trachée, la saisit et tire l'ensemble des organes, qu'il pose délicatement à ses côtés. Il retourne les viscères, à la recherche du foie, du cœur. Une fois coupés, il les replace dans la dépouille. Enfin, il enterre le reste des organes, comme son père lui a appris sur les rives de la Marne. Il avait quinze ans alors.

Voilà, c'est terminé. Timothée se relève, va nettoyer sa lame, puis ses mains dans la neige. Il retourne vers le bouquetin éviscéré, noue les pattes entre elles, passe le tire-gibier sur ses épaules, puis s'éloigne, apaisé. L'espace de quelques secondes, il devine la silhouette de son père. Ils marchent ensemble. Côte à côte.

20

Les jours passent. Brèves accalmies, neige et pluie sur ce qui reste du pays. Le jour n'a plus de frontières précises. C'est la même lumière à sept heures et au milieu de l'après-midi. Une nuit pâlie, un soir éteint. Où est la vie ? Des hommes hagards se perdent dans la brume épaisse. Les femmes semblent avoir toutes disparu. L'écho de coups de feu résonne parfois à travers les collines. Anna sursaute, ne s'habitue pas. Marie-Jean s'est endormi. Il entend un bruit sourd et régulier. Un cœur qui bat. Le sien ? Il fait noir. On ne voit rien. Il a peur. Le bruit, le battement, de plus en plus fort. Le pouls de son fils, alors qu'il l'emporte vers la Marne. Il se réveille en larmes. Il essaie de se lever, il essaie de marcher. Anna le regarde. L'espace d'un instant, c'est Sid qu'elle voit. Elle s'approche de lui, l'aide à se lever. Puis elle le couvre. Il semble presque chétif. Ce sont les mêmes gestes chaque jour. Elle y trouve du réconfort. Là, dans l'habitude et la répétition, se nouent les derniers liens avec la réalité. Le reste, ce n'est plus que souvenirs, espoirs malades. Elle remonte le col roulé, couvre son menton, s'arrête à la limite des lèvres. N'ose pas toucher son visage. Trop abîmé encore. Elle a mal rien qu'à le voir. Quelque chose se tend sous sa peau. On dirait qu'un cœur fragile bat ici et menace de tout arracher. Elle se demande s'il retrouvera jamais la figure qu'on voyait sur l'une des photos.

Hier ou avant-hier, elle ne sait plus – le temps ne s'écoule pas ici, il s'étire, comme s'il prenait sa source dans les profondeurs du lac pour glisser, pour se répandre, indistinct, jusqu'aux lisières des collines, comme une longue nuit blanchâtre – hier ou avant-hier, elle l'a trouvé étendu sur le lit, la photo à la main, observant avec attention l'image usée. Lorsqu'elle l'a appelé, il n'a pas répondu. Il a fallu qu'elle s'approche, qu'elle effleure ses doigts. Quand il a levé les yeux, il ne l'a pas reconnue. Pas immédiatement. Cela lui a fait mal, elle n'a rien dit, mais la brûlure, le bref affolement l'ont étonnée jusqu'au soir.

Ils sortent enfin. Le froid les saisit. Il leur faut quelques minutes pour s'y habituer. Ils frissonnent sous les couches de laine. Elle déblaie la neige chaque matin pour qu'il puisse s'exercer. Marie-Jean avance, une main sur l'épaule d'Anna. Jour après jour, il a plus d'assurance. Il retrouve son équilibre. À cause de son genou enflé, il tend une jambe raidie, prend appui avec crainte, puis verrouille sa hanche et, par une sorte de torsion du tronc, un mouvement des épaules, un élan de la poitrine, il lance d'un coup l'autre jambe. Chaque geste l'épuise. Très vite, il est en sueur. Il sent un frisson glacé courir le long de son échine. Il essaie de ne pas céder à la colère. Se voit comme un animal traqué, pris au piège, qui parvient à s'échapper juste avant d'être abattu. La gueule des fermiers lui revient. Anna le sent qui se tend, s'arc-boute à présent. Il perd l'ordre, le sens des mouvements qu'il doit accomplir. S'arrête. Jette un œil affolé vers Anna. Elle sourit, ne dit rien, le laisse faire. Les premiers jours, à cet instant précis, il tombait. Elle devait le relever. Il gardait le visage baissé, n'osait pas croiser son regard. La neige le brûlait. Ils rentraient vaincus. Le ciel blanc tirait un drap sur le lac. Encore le silence et rien d'autre.

Un hélicoptère de patrouille profite d'une éclaircie. Il survole les berges, décrit de larges courbes, stationne un moment au-delà de la ville. Tache sombre qui tremble vers l'horizon. Puis il revient lentement. Anna et Marie-Jean écoutent le bourdonnement sourd du rotor. L'inquiétude les gagne. Elle lui jette un regard impuissant. Ils n'ont pas le temps de fuir, de regagner le chalet. Marie-Jean se concentre sur chaque geste, tente de mémoriser chaque muscle de ses jambes avant de les solliciter. Ils ne répondent pas. Gelés, tétanisés ? La peur soudaine d'être pris. Pas maintenant. La route est encore longue jusqu'au village, jusqu'au clocher tors. Il faut avancer. Il ne peut pas avancer. Il avancera… L'hélicoptère approche, qui semble se diriger vers eux. La neige vole sur le lac, sur les rives, dans les jardins dévastés. Un haut-parleur est fixé sous la carlingue. Ils attendent l'ordre de s'agenouiller. Un pas. Puis un autre. Ses pieds se soulèvent. Retombent quelques centimètres plus loin, levant un nuage de neige. Une poussière glacée. Il pense aux premiers pas de son fils, ses bras tendus, ses mains ouvertes. La sueur lui brûle les yeux. Il ne sent plus l'épaule d'Anna sous ses doigts. L'hélico les dépasse dans un fracas de métal et de vent. Le souffle manque de le renverser. Elle n'est plus là, il ne la voit pas. Le balancement des épaules, voilà, l'une après l'autre, garder l'équilibre, bloquer les hanches, desserrer l'étreinte, libérer la cuisse, le genou, le mollet, l'un après l'autre, cette gangue autour des muscles, qui se déchire peu à peu, un pas, encore un autre. Trop tard. L'hélicoptère fait demi-tour. Il est seul à présent. C'est lui que la machine veut mettre à terre. Il est pris dans un tourbillon de neige. Il lève la tête, au risque de verser en arrière. Les épaules bien droites, l'équilibre, l'équilibre. Ramener la nuque vers l'avant. Comme ça. Sous le ventre de l'appareil, ce n'est pas un haut-parleur. L'hélico repart une nouvelle fois. Il cherche la meilleure position pour faire feu. Un canon sous le ventre, rivé à la tôle. Une gueule noire, large, semée de trous. Pas d'annonce, pas de sommations. C'est la fin. Allons, encore un pas. Marcher. Il n'a plus mal, il n'a plus peur. L'hélicoptère est en station au centre du lac. Il s'approche lentement maintenant. Marie-Jean le devine. Les visages de son fils, de son frère dansent devant ses yeux. Le gamin se prépare à lancer son ballon dans la lumière du soir. Des lueurs dorées tremblent dans les branches au-dessus du jardin. Des taches d'or. La dernière couleur de sa vie. Je te demande pardon. Elle crie derrière lui. Il veut se retourner. La détonation emplit l'air. Une ombre mouvante recouvre le ciel, un linceul. Encore le soleil, encore le soir d'été, Seigneur, je T'en supplie. Le gamin glissait ses illustrés sous la porte de la chambre pour attirer son attention. Ses messages dérisoires. Marie-Jean se retournait pour ne pas les voir. Il est à la porte du garage. Il entend son père qui travaille à l'intérieur. Il lève la main pour frapper avant d'entrer, la main reste en l'air. Retombe. Il rentre seul à la maison. Une photo de Timothée, qui sourit dans un cadre sur le mur du salon. Des plaques de neige tombent des toits, des câbles électriques inutiles. Il se sent presque bien, soulagé. Il sait qu'il va s'écrouler. Se reposer enfin. Anna court vers lui. Il distingue le battement sourd de ses pas dans la neige. Le sang cogne à ses tempes. Il n'entend plus l'hélicoptère. Tout est fini. Est-ce qu'on le mettra à côté d'eux, entre Claire et leur fils ? Anna est contre lui maintenant, il se laisse tomber.

21

Elle a repris la route. Se dirige vers la frontière du Carré Sud. Comme prévu. Le silence règne dans l'habitacle. Le paysage ne change pas. Le ciel est blanc. La neige paraît grise. Le froid la mord encore malgré le chauffage poussé à fond. Elle roule lentement. Chamblin et le lac sont loin à présent. Quand elle a quitté le bled, elle a jeté un œil aux lignes haute tension qui pendaient le long des pylônes. Aux tranchées creusées entre chacune d'entre elles, afin de récupérer les câbles, les gaines, le cuivre. Ils seront vendus au marché noir. Les arbres abattus, aux branches émondées, attendent d'être débités comme bois de chauffage. Une poignée d'hommes, armés de scies égoïnes, s'affairent autour des troncs. L'un d'eux s'est entaillé la main. Le sang pisse sur la neige. Un autre essaie de refermer la plaie avec un ruban de chatterton. Elle accélère, ils viennent de la repérer. Les hommes, leur convoitise, ont toujours été un danger, mais depuis les troubles, depuis les épidémies, ils sont devenus fous. Les hordes, les milices se lancent dans des razzias, s'approprient les femmes pour les besoins du groupe.

– On est… en… core… loin ?

La voix est faible. Piteuse. Les mots mal articulés. Une lumière fragile tombe sur sa gueule, adoucit les plaies. Les croûtes de sang séché s'estompent légèrement. L'œil droit est toujours fermé. La pommette enflée, prête à éclater. La mâchoire déformée. Un os saillant sous la peau talée. Elle le regarde un instant. Tente de l'imaginer, avant. Elle se dit qu'il ne retrouvera jamais son visage. Croit qu'il n'y a pas que les coups pour déformer ainsi quelqu'un. À qui ressemblait-il, enfant ?

Il dort depuis le départ de Chamblin. Elle a rajouté seule de l'essence à l'aide des jerrycans entreposés par le médecin dans le garde-manger du chalet. L'odeur sur ses mains, qui ne s'efface pas. Elle a trouvé aussi, comme il le lui avait indiqué, les cachets planqués sous les lattes du plancher, à l'entrée de la salle d'eau. Des génériques artisanaux. Un mélange de Témestat et de Valium. Il sommeillait déjà quand elle a changé les pansements. Elle l'a observé un long moment. Nu sous ses mains. Le souffle plus court soudain. La chaleur, la brûlure. Son cœur qui se met à battre au creux du ventre. Sa queue qui gonfle sous sa paume. Un désir vite réprimé. Le drap, les couvertures tirées sur lui d'un geste sec. L'effacer. De la honte aussi. Comme si elle transgressait un interdit. Mais lequel ?

Toute la soirée, il avait voulu continuer de marcher. Jusqu'à ce que la douleur le laisse désarticulé sur le lit défait. Grelottant de fièvre. Son genou avait doublé de volume. Une poche visqueuse, vaguement liquide, roulait sous la peau gonflée. Elle avait dû comprimer davantage en refaisant le bandage. Le cri de Marie-Jean l'avait surprise. Puis quelques mots, incompréhensibles. Elle avait su l'apaiser.

– Doucement, doucement, calme-toi... Respire. Laisse le souffle venir du ventre. Là, c'est bien... Les mots vont monter tout seuls à présent.

Le silence. À peine troublé par la respiration de Marie-Jean. Un râle d'abord. Puis, peu à peu, ce murmure grêle qui s'adoucit, les sons qui trouvent leur place. Se cognent aux dents, étouffés par la langue, la salive, avant de filer et de passer l'orée des lèvres, comme jaillissant d'une source obstruée depuis longtemps. Elle imagine un ruisseau en forêt, que les feuilles mortes, les branches arrachées empêchaient de courir, de rejoindre la rivière. Il dit :

– Je... peux... mar... cher...

– Et parler aussi !

Il tente de rire. La douleur le rattrape. Il étouffe une plainte. Elle voit son œil briller, détourne le regard. Ne pas le gêner surtout. Que pensait-il ? A-t-il cru qu'il ne parlerait plus jamais, qu'il resterait perdu, éloigné du monde au milieu de ses silences ? Les souvenirs pour seuls compagnons. Lui et la mort, rien d'autre. Il prend sa main. La serre aussi fort qu'il peut. Elle ne dit rien. Inutile.

– J'ai... mal...

Elle va chercher les cachets, choisit parmi les couleurs des pilules, selon les indications du médecin. Lui tend de l'eau. Le verre est glacé contre ses lèvres. Une impression nouvelle. Il comprend qu'il retrouve peu à peu les anciennes sensations. Que la vie le reprend vraiment. Sourit en buvant. Un peu d'eau sur le menton, dans le cou, un frisson, ce plaisir-là : être en vie. La peur le quitte enfin. La peur le quitte pour un moment... Il entend la fureur du rotor, la détonation terrible. Puis revoit l'hélico, son ombre répandue sur lui, qui se retire peu à peu. Inexplicablement.

Déjà, les cachets font leur effet. Le chalet se perd dans l'ombre. Les flammes quittent la cheminée, dansent un instant au plafond. Vacillent au creux de son œil. Tremblent une seconde sous sa paupière enflée. Le visage d'Anna n'est plus qu'une forme évanescente, qui se délite. L'hélico s'éloigne, l'entraîne vers le sommeil. Sa mission est terminée. Mais quelle mission ?

À nouveau, c'est l'orage ancien qui vient le hanter, la fin de l'été, les récoltes menacées sur les plaines de la Marne. La foudre est tombée. Marie-Jean et Timothée se relèvent enfin. Ils cherchent leur père sous le ciel noir. Retournent à la voiture. Personne. Ils appellent en vain. Leurs cris se perdent dans la rumeur du tonnerre qui s'éloigne et remonte vers l'orbe de la Marne. Ils sont trempés, fantômes de boue aux regards luisants. Ils appellent encore. Pas de réponse. Timothée emprunte un sentier entre deux champs aux épis couchés par le vent. Trois moissonneuses attendent sous la pluie. Un pré en jachère ondule jusqu'à l'horizon bouché. Le bruit d'une faux transperce l'air humide. Un geste tendu vers le ciel puis la terre. Les herbes volent un instant. La faux jetée au sol. Leur père est là. Agenouillé, les mains enfoncées dans la terre mouillée. Il la malaxe, la caresse entre ses paumes brunies. On dirait qu'il pleure. C'est sûrement la pluie. Les garçons ne disent rien. Ils regardent le vieux. Il a senti leur présence. Il dit : « C'est de la bonne terre. » Rien d'autre. Il se relève. C'est fini. Marie-Jean ne comprend pas. Timothée le tire par la manche. Ils rejoignent la voiture en silence. Leur père les suit à quelques pas.

Au retour, un arc-en-ciel immense se déploie au-dessus des champs, rebondit dans les flaques, sur le pare-brise : « Regardez, les gars ! » Ils regardent ensemble. Beauté fugitive.

Ils rentrent. Ils savent que la maison les attend. Elle les protégera ce soir encore. Ils attendront la nuit sans inquiétude. Le vent soufflera sous le toit. D'autres chants indéchiffrables. Marie-Jean s'est rapproché sur la banquette arrière. Son visage maculé de boue apparaît entre son père et Timothée. Il pose ses mains sur leurs épaules. Il les voit sourire dans le rétroviseur. L'arc-en-ciel s'accroche aux fenêtres embuées. Pour une fois, ils sont ensemble. Cette sensation… La terre, le ciel, les champs malmenés par l'orage, les flots de lumière qui percent les nuages de part en part, qui dessinent des flaques de nacre jusqu'à l'horizon, et leur ombre compacte dans l'habitacle... Timothée, Marie-Jean et le vieux. Un seul.

22

Ce matin, c'est une ombre qui avance vers lui, sous un ciel cobalt d'une clarté insoutenable. Une ombre lointaine au début, fragile, incertaine, pareille à la fumée qu'abandonne une bougie qu'on mouche soudain, il lui faut du temps avant de distinguer une silhouette, tant elle se tord, vacille, se redresse, tombe encore. Puis Timothée comprend, l'un de ses pieds est nu, l'autre est à peine protégé par une tennis en charpie, elle avance entre les pierres, les névés, parfois elle ne les évite même pas, elle n'a plus la force, elle tangue au plus court. Un pantalon de toile déchiré aux genoux, aux chevilles, un tee-shirt trop grand, le maillot d'une équipe de foot, l'Inter, Udinese de la décade passée, un maillot de mec, dégueulasse, maculé de boue, de sang coagulé. Une Africaine, elle arrive d'Italie, il s'avance vers cette ombre, elle prend peur, se détourne, tente de courir, de rebrousser chemin, s'écroule de nouveau, il se précipite, elle est évanouie, gelée, presque. Il la retourne, la soulève doucement, la recueille, elle se recroqueville entre ses bras, souffle en saccades, la peur, l'effroi, la panique en tremblements. Il lui parle à voix basse, que sa voix la réchauffe un peu, l'apaise, il sent sous sa peau ce qui reste de muscles, de fibres, d'énergie, se tendre, refuser d'instinct. Arrivé au bungalow, il la dépose sur son lit de camp, fait chauffer de l'eau et revient vers elle avec une serviette humide, quand il approche sa main de sa figure, elle recule contre le mur, il montre ses paumes, bras écartés, elle comprend, se relâche un instant, alors il commence de nettoyer son visage. Certaines traces ne s'effacent pas, la marque de coups, des bleus. À présent, il prépare du thé brûlant, cherche quelques biscuits, des fruits, une tranche de viande séchée. Elle se précipite sur les baies, les fruits, les mord à pleines dents, crache la peau amère, repousse la viande, peut-être du porc. Elle avale le thé presque en même temps, le liquide coule sur son menton, elle ne s'essuie même pas, son ventre gémit, il sait qu'elle vomira, l'estomac resserré, les crampes, aucune importance, il nettoiera. Il prépare une grande bassine d'eau chaude, la pose un peu à l'écart, un broc pour se rincer juste à côté, du savon, une serviette propre. Au pied du lit, sur la couverture de laine brune, un pantalon, des chaussettes, un tee-shirt, un chandail. Pour les chaussures, il descendra plus tard lui en troquer une paire au village. Puis il sort, ferme la porte derrière lui, s'éloigne hors de sa vue, il sait qu'elle le regarde par la fenêtre.

Le temps défile sur le versant nord, l'ombre des nuages, les rais du soleil entre les cumulus, des flèches plantées au sol, puis renversées, il frissonne. Il frappe longtemps avant de rentrer, pas de réponse, peut-être est-elle repartie, peut-être qu'elle n'ose pas répondre, ne sait pas répondre, il pousse la porte. Elle est encore là, assise sur le lit, la couverture sur le dos, dans la bassine l'eau est brune, il va la vider dehors. À son retour dans la baïta, il voit comme elle est épuisée, comme elle peine à se maintenir éveillée, comme elle lutte, résiste, se tend encore, toujours apeurée. Il sort un sac de couchage, lui tend, elle se déplace un peu, il le déploie sur le lit, explique en quelques gestes, elle s'y glisse tout habillée, remonte la fermeture Éclair au plus haut, au plus serré, seuls ses yeux dépassent, ils sont tristes, immenses. Elle dormira plus de quinze heures d'affilée.

Elle restera plusieurs jours, lui couche par terre, à même le sol, il s'en fout, il dort peu, guette la respiration de son invitée dans la pénombre. Il lui rapporte de la nourriture, des chaussures, des vêtements à sa taille, un sac à dos de randonnée, une gourde, des fruits séchés, il sait qu'elle partira bientôt. Personne ne saura, une échappée, comme lui. Elle reste plusieurs jours, dix, quinze, le temps de reprendre des forces, c'est un échange en silence, ils ne se comprennent pas, il l'aime comme une sœur. Et puis vient le matin du départ, il glisse du fric dans son sac, l'accompagne sur le chemin au-delà de la frontière, ils se dévisagent longtemps avant qu'elle ne se retourne, ne s'éloigne enfin. Ses yeux sont immenses, il y brille un bref éclat. Il la regarde un moment, une ombre sûre sur le sentier, qui s'affirme à chaque pas. De retour à la bergerie, il trouve ce mot couché sur un morceau de papier, une langue qu'il ne connaît pas, il le range avec soin dans son portefeuille, il n'oubliera pas son visage, ses regards, leur détresse.

Il ne sait pas qu'ils ont été observés, repérés. Qu'elle est condamnée.

23

La carte est déployée sur le capot. Le moteur tourne au ralenti, sèche les gouttes de pluie, les dernières traces de neige. Ils cherchent le village. Le plan est ancien, déchiré par endroits. Ils suivent une route du doigt, ne trouvent pas. Marie-Jean relève la tête, le cou douloureux. À perte de vue, les champs de neige s'étendent vers la frontière, les premiers sommets. Où aller maintenant ? Timothée est passé ici il y a longtemps. Il est tout proche, Marie-Jean le devine. Un coup de vent, le parfum de son frère flotte dans l'air un instant. Le cœur bat plus vite. Le sang. En contrebas, sur la route, un camion surgit. Bouleverse le paysage. Tout est différent après son passage. La pluie tombe sur la carte, efface l'encre, la veine des départementales. Les sommets retournent dans la brume. La trace de Timothée se dérobe. Il voudrait la retenir. Sentir encore sa présence impalpable. Une silhouette au loin, un signe, n'importe quoi. Timothée je suis là je suis venu pour toi. Timothée parle-moi. Le vent ne répond pas. À nouveau il a froid.

Il a peur. Toute cette route pour rien. Un village rayé de la carte. Faut-il que tous ses rêves, que toute son espérance s'effacent chaque fois ? Il imagine Timothée, perdu comme lui aujourd'hui, la page déchirée à la main, le village pareil à un mirage qui s'éloigne davantage à mesure qu'on l'approche. Une dérive qui n'en finit pas. A-t-il songé à rebrousser chemin ? Marie-Jean se souvient de leurs virées à bord de la 205 pourrie. Ils roulaient parfois jusqu'à la gare de Chaumont. Le soleil accrochait ses derniers feux aux vitraux de l'église. La gare était déjà condamnée à fermer. Des bus prendraient la place des TER, des Intercités. Dans le hall, des boîtes de codéine à terre, des seringues. À travers la baie vitrée noire de suie, ils distinguaient un autre bâtiment. La filiale d'un fabricant d'engrais, la pierre adoucie, l'acier, le verre dépoli caressés par le couchant. Cette vanité. Grand pays qui se croyait à l'abri. Ils grillaient des cigarettes, vidaient les canettes de Kro sans un mot. Et puis rentraient, une main à la fenêtre. Le vent était plus doux que la vie. Marie-Jean le sait maintenant. La maison était éclairée quand ils arrivaient. Ils ne s'arrêtaient pas. Devinaient la silhouette de leur mère inquiète derrière les rideaux. Timothée accélérait. Elle devait entendre le moteur trafiqué de la 205 dans la nuit. Quelque chose les retenait dehors. L'illusion de la liberté, de pouvoir encore peser sur leur vie. Quinze ans plus tard, Marie-Jean éprouvait la même sensation en revenant du travail, au moment de pénétrer dans la maison, de revoir Claire et leur fils. Les odeurs de cuisine et de couches souillées, les pleurs du gamin, la rumeur de la télé, et l'espoir et l'attente dans les yeux du môme. L'espoir et l'attente déçus chaque soir. Marie-Jean allait prendre sa douche, puis s'enfermait au grenier avec une bière et un sandwich. Il retrouvait son fils assoupi dans le grand lit. Claire était partie dormir dans la chambre du petit garçon. Il se couchait près de son fils. Demandait pardon à voix basse, suppliait qu'on lui donne assez de force. Au matin, un mouvement dans la chambre le réveillait. Claire se glissait dans la pièce, fouillait le placard en silence. Il l'observait dans la pénombre. L'avait-il aimée ? Elle passait une culotte, penchée dans l'obscurité. Ses cheveux mouillés, les seins qui pendent, le ventre froissé.

Il se tourne vers Anna. Elle semble ailleurs. Il voudrait lui parler, demander ce qui cloche. Se retient. Elle tire sur sa cigarette, sa main tremble. Il détourne les yeux. Massegris, Mindonde, Siranès, Alba. Bleds fantômes étouffés sous la neige salie. Maigre amas de toitures, de pierres gelées au pied du massif. Sa femme était morte sous les assauts d'une horde, il avait tué son fils et maintenant il cherche à retrouver leur parfum, leur odeur perdus. Il allume une cigarette. La fumée emportera tout, les souvenirs, les visages. Les larmes.

Un carrefour les arrête. La voiture hésite. Plus de panneaux depuis si longtemps. Le souffle du vent, la neige soulevée au bord des fossés. Plus loin, un break attend, immobile. Un cerf sanglé sur le toit. Les yeux ouverts, la langue pendante, ensanglantée. Un voile opaque sur les yeux morts. Un homme en treillis vide une flasque d'alcool. Horde, milice ? Son haleine flotte autour de lui avant de se fondre dans le brouillard. Anna descend la vitre. L'odeur de l'animal la saisit. Elle réprime un haut-le-cœur. Marie-Jean connaît ce relent. Le pelage humide, la sueur, la peur, la bave, les entrailles et le sang. Les bois tournés vers les nuages. Déchirent le ciel. Linges défaits. Il se demande ce qui cédera d'abord chez lui, quand l'heure viendra. Le regard éteint du cerf attaché. Sur quelles sensations, quelles images... La forêt, les rochers couleur de sang, les pins alourdis par la neige. La terre noire et mouillée, les branches enchevêtrées, les feuilles pourrissantes sur les berges du ruisseau, de la Marne. Les grandes herbes au début de l'été. Il pense à son frère, à son père. On s'en va sans message.

Le type se retourne. Il porte une arme automatique. Un Uzi peut-être. Le braque sur eux d'instinct. Un réflexe. Anna reste calme, demande leur chemin. Sous sa casquette de camouflage, les yeux du chasseur vont de Marie-Jean vers Anna, puis les délaissent pour se perdre sur la route. Il ne répond pas, revient à Marie-Jean.

– Vous êtes blessé ?

– C'est ma femme... Elle a la main lourde parfois.

Anne rit nerveusement. Le type décide de l'imiter.

– Je peux faire quelque chose ?

– Me prêter une ceinture…

– Nous indiquer le chemin vers…

Elle n'a pas le temps d'achever sa phrase. Le type reprend la parole :

– Ceux qui vous ont fait ça, sûr qu'ils vous en voulaient…

– Je me suis juste trouvé au mauvais endroit au mauvais moment.

– Devriez voir un médecin, à mon avis.

– Si on en trouvait encore, oui…

– Je peux vous emmener, si vous voulez.

– Non, ça va aller, merci.

– Votre œil, j'ai déjà vu ça, vous risquez de pas le garder.

– C'est pas moi qui conduis de toute façon.

– Alors, le village, c'est…

– Par là. Vous reculez un peu, puis vous prenez la D37, non ! en fait c'est toujours la 58, mais c'est plus indiqué. Vous êtes pas si loin… Qu'est-ce que vous allez faire là-bas ?

– Je rends visite à mon frère…

– Et il s'appelle comment, votre frère ? Je le connais peut-être… C'est un chasseur ?

– Non, je crois pas. Il chassait pas la dernière fois que je l'ai vu. Sauf les filles. Mais il a dû se calmer, j'imagine.

– S'il chasse pas, je dois pas le connaître, alors.

– Bel animal…

– Pas mal, ouais… Je vais le dépecer moi-même.

On mangera la venaison plus tard dans la saison. La tête, je la mettrai dans mon garage, avec les autres.

– Restera de la place pour la voiture ?

– J'ai un grand garage.

– Je vous crois !

Anna recule doucement. Le type marche à côté de la voiture. Ses yeux sont d'un bleu intense, très clair, comme lavé à l'alcool. Elle s'apprête à faire demi-tour. Il pose sa main sur la portière.

– Dites, je pensais…

– Quoi ?

– Ça serait bien qu'il voie un médecin quand même, je vais vous guider…

Elle enclenche la première, tourne le volant, accélère à peine, le forçant à retirer sa main. Un signe de tête. Ils s'en vont. Ils le voient dans les rétroviseurs, qui les observe. La dépouille du cerf sur le toit. Le ciel blanchi. Ils retrouvent la 58. Des pancartes grossières, multicolores. Des têtes de cerfs mal dessinées. Des sangliers. Des loups au pochoir. La taxidermie comme ultime activité. Alors Marie-Jean revoit son frère avançant vers lui, fissurant à chaque pas la paroi de brouillard qui l'emportait à présent sur tout le pays, chaque toit, chaque clocher pris sous son dais. Il était seul, et malgré le jour boueux, la lumière pâle, Timothée rayonnait. Son fusil en bandoulière, il tenait entre ses paumes un seul oiseau. Il était de ces chasseurs rares qui prélevaient avec parcimonie. Ce matin-là, une bécasse suffit à son bonheur. Il dépose le volatile dans sa gibecière, allume une cigarette. La flamme du briquet vacille un instant contre ses paumes, éclairant son visage. Marie-Jean remarque les traits réguliers, détendus, apaisés de son frère. La course l'a calmé, rendu à sa vérité profonde, à sa nature même, qui est pacifique et douce. Il s'attend à ce qu'il s'éloigne, mais non, il demeure à ses côtés. Ils restent ainsi, protégés par la brume dans laquelle la fumée de sa cigarette se délite lentement. Marie-Jean guette du coin de l'œil l'avancée du cercle incandescent sur le papier, le tabac qui brûle. À l'instant d'atteindre le filtre, il sait qu'il sera trop tard. Ils n'auront plus d'autre occasion. Marie-Jean comprend que son frère aussi attend ce moment de frontière. À sa façon, il a fait le premier pas, et c'est à son tour de se diriger vers lui. Qu'a-t-il perçu chez lui, d'éperdu, de dangereux aussi, qu'a-t-il compris de ce qui tous deux les place en miroir ?

Marie-Jean lui parle soudain de ses dons de chasseur, comme il est impressionné par sa manière d'évoluer au cœur de la nature, d'en être un élément nécessaire, d'en faire partie.

– Mais j'en fais partie, dit-il simplement.

Les dernières volutes s'échappent des lèvres de Timothée, accompagnant ses mots, discrètes. *Laconiques*.

– Tu ne pourrais pas vivre sans tout cela, n'est-ce pas ? dit Marie-Jean en désignant les chemins aveuglés de brouillard, l'ombre lourde des collines.

L'anneau carmin atteint enfin le filtre de sa cigarette. Il se souvient avec précision du parfum de tabac peu à peu dissous dans le matin humide. Il en est glacé à présent. La terre fume, du fourrage brûle au loin, un vol de perdrix souligne d'un trait bleuté la courbe d'une colline. Alors une impression d'égarement, de temps arrêté, s'étire à travers les prés. Aux sommets, les premiers flocons doivent tomber, immuables et réguliers, neige et pluie sur le pays. Le brouillard monte encore des fossés, se rue dans la pente jusqu'aux berges immobiles de la Marne, saisies par le froid. Marie-Jean et Timothée restent là, sans bouger. Les sentiers sont gelés, la boue repose au creux des ornières – les teintes sourdes, le mauve et le brun. Hier encore, les feuilles mortes résonnaient sous leurs pas comme une soie froissée. Par instants, les éléments s'apaisent, les nuages se dissolvent dans l'air, dévoilent l'éclat d'une cime. Linges épars que le vent rassemble d'un coup. C'est à nouveau la pluie, elle abolit le paysage, efface les distances. Tout semble si proche. Les visages, les années qui s'effacent, les dernières traces. Il y a dans ces minutes quelque chose qu'il ne saurait décrire, mais qui rassemble.

– C'est en moi, c'est comme mon cœur, comme les battements, tu vois ?

Marie-Jean se contente d'acquiescer. Il allume une seconde cigarette.

– Tu n'as jamais songé à en vivre, à devenir professionnel, guide, ce genre de choses ? Pour remplacer la montagne, je veux dire.

Sa réponse est brève, mais sans sécheresse. Marie-Jean y discerne clairement une sorte de nostalgie, de regret. La mélancolie de ce qui ne sera pas vécu :

– Je refuse de faire du pognon avec mes passions.

La bagnole s'essouffle davantage de kilomètre en kilomètre. Une épaisse fumée s'échappe du capot. Marie-Jean désigne un terre-plein entre deux ornières. Elle n'a pas le temps de couper le contact. Le moteur vient de rendre l'âme. Elle reste interdite au volant. Plus d'argent, plus de voiture, ça ne laisse pas beaucoup d'avenir. Elle se tourne vers lui.

– Il faut que tu saches quelque chose…

– Tu es aussi fauchée que moi, je sais.

– Tu crois que tu peux réparer ?

– Je vais jeter un œil. Ouvre le capot. Je peux t'emprunter ça ?

Il s'extrait difficilement de la Talisman, l'écharpe d'Anna à la main. Le capot est brûlant. La fumée lui saute au visage quand il repousse la tôle piquée de rouille. Quelques images aussi. Il revoit le garage, la silhouette de son père penchée sur un moteur. Sa ceinture à outils autour de la taille. Il retrouve l'odeur de l'essence, du gasoil, le goût âcre du ricin. Il sait déjà qu'il ne pourra rien faire. L'engin a serré. Il vérifie malgré tout, mais c'est bien ce qu'il pensait. Il se relève. Esquisse un sourire. La douleur le surprend encore.

– Il n'y a rien à faire… Désolé.

Elle ne résiste plus. Ça la prend comme une vague vous renverse. Une lame qui, par surprise, vous envoie au fond. Anna ne retient pas ses larmes. Elles coulent en silence, inexorablement. Il la regarde pleurer derrière le pare-brise. Une glace salie par la route, la neige, la boue, une glace et rien d'autre. Il n'a pas un geste. La laisse seule avec son chagrin. Il voudrait s'approcher, effacer les larmes, la serrer fort peut-être. Il ignore ce qui résiste en lui, l'enchaîne ainsi. Il n'a jamais su faire que ça : tourner le dos à ceux qu'il aimait, à ceux qui l'aidaient. Détourner le regard et se clore. Il contourne la Talisman, allume une cigarette, regarde l'allumette se tordre dans une flaque. Il s'assoit à l'avant, se tourne enfin vers elle.

– Ça va ?

– Excuse-moi.

– C'est rien, ne t'inquiète pas.

– La voiture… elle est morte ?

– Ta voiture, elle a quatre cylindres. Dans chaque cylindre, un mélange d'air et d'essence arrive, il est compressé par un piston et enflammé par la bougie… Tu suis ?

– Vaguement…

– Ensuite, la flamme passe par la chambre de combustion, les gaz se détendent et, grâce aux pistons, délivrent la puissance du moteur avant d'être expulsés par les échappements.

– Et alors ?

– Alors, à l'origine, ton moteur répétait cette opération quatre mille fois par minute et par cylindre. Maintenant la plupart de tes pistons ont percé les culasses, et il te reste à peine un cylindre en état de marche. Ton moteur, il est mort…

– Tu aurais pu commencer par là… C'est ton père qui t'a appris tout ça ?

Ce n'est pas ce qu'il voulait dire. Trop tard à présent. Il aurait aimé trouver d'autres mots, et la réconforter. Pas se lancer dans ce cours idiot. Mais il n'y a rien à faire, c'est venu ainsi.

– Non… Mon père… Il ne m'a rien appris.

Elle l'aide à marcher quand il fatigue. Il pose sa main sur son épaule. La pluie vient de reprendre. Elle se sent sale. Ils puent le chien mouillé. Le soir n'est plus si loin. Ils s'immiscent parmi les lueurs faibles de l'après-midi. Marie-Jean s'essouffle déjà. Il paraît si loin, enfermé. Sans elle, il ne pourrait rien faire. Elle trouve un peu de chaleur, de réconfort à cette idée.

Voilà, ils marchent sous la pluie. Jamais ils n'ont été autant en danger. Il suffirait d'une milice, d'une horde. L'avenir n'existe pas. Ils ont froid. Une enseigne détachée de son mât attire l'attention de Marie-Jean. Derrière un modeste grillage, des dizaines de mobile homes attendent des clients. Ils paraissent s'encastrer peu à peu dans la nuit qui vient. Un endroit pour dormir. Marie-Jean l'attire le long des grillages. Trouver un moyen d'entrer. Marie-Jean observe l'alignement des maisons nomades, les fenêtres closes, les portes condamnées. Il revoit la caravane dans le jardin de ses parents. Anna prend sa main pour passer le grillage. Il la garde un moment, le temps de franchir les grandes flaques qui attirent la nuit vers le sol, le temps de gagner l'ombre épaisse. Puis il la lâche, et elle se sent seule à nouveau.

Le mobile home tremble sous les bourrasques de vent. Marie-Jean a forcé la porte sans problème. Anna s'est glissée à l'intérieur. Une *maison témoin*. Cuisine et salle de bains installées. Pas d'eau. Une bouteille périmée de mauvais champagne dans le réfrigérateur éteint. Ils l'ouvrent malgré tout, recrachent le breuvage sitôt avalé. Une télévision écran large, une enceinte pour smartphone. Des fauteuils de velours. Couleur indistincte, il fait trop sombre. Une moquette épaisse, plus claire, vague lueur au sol, un tapis dans chaque pièce. Ils devinent l'épaisseur sous leurs pieds. Un grand living, deux chambres. Armoires et tables de nuit, lampes de chevet. Luminaires au salon. Sur chaque meuble, des affichettes plastifiées qui brillent dans la pénombre : le prix.

24

Ils sont étendus l'un contre l'autre. Leurs vêtements sèchent lentement. Les draps sont propres mais sentent l'humidité, l'absence. Les rideaux sont tirés. Ils respirent lentement dans l'obscurité. Apprennent le souffle du compagnon fragile allongé à leurs côtés. Ne peuvent pas dormir. Ils sont au-delà de la fatigue. Marie-Jean ne sent plus ses blessures. Ils se réchauffent peu à peu. Anna devine la peau de Marie-Jean sous le drap. Il sent sa main se poser sur sa poitrine. Il ne dit rien. Elle ne sait pas ce qu'elle veut. Lui parler ? Un peu de chaleur ? Baiser ? Oublier ? Faire l'amour ? Elle approche ses lèvres. Sa bouche, son souffle tiède. Elle l'effleure. Peur de le blesser. Il est immobile, se laisse faire. Des mois qu'on ne l'a pas touché. Caressé, embrassé, serré. Sous les doigts d'Anna, il comprend à quel point cela lui a manqué. Il se tend vers elle. Le silence, à peine meurtri. Elle le recueille doucement. Il la devine sur lui, qui appuie à peine sur ses hanches. Une ombre avance devant ses yeux, puis se retire, le reprend encore. Ses seins sous la paume. Les regards brillants. Longtemps.

– Tu m’aimes ?

La question lui a échappé. Elle ignore pourquoi. Ce n’est pas ce qu’elle voulait dire. Pense-t-elle à Sid ? Il pourrait comprendre.

– Tu m’aimes ?

Il ne dit rien. Ce n’est pas de la surprise. Il faudrait répondre. Il sait ce qu’il lui doit. D’être là, si près de Timothée. Plus encore. Rien que pour ça, il devrait parler, la rassurer. Mais les mots restent bloqués. Comme s’il n’y avait plus droit. Il respire son parfum. Mélange de chair et de fleurs tombées. Il pourrait s’endormir ici. Au creux de ses bras, tout contre sa poitrine, se perdre là. Recommencer ailleurs. Une histoire. Elle le protégerait des remords, de l’existence. Est-ce à cela que les femmes sont utiles ? Il pourrait l’aimer. À cause de cette douleur au fond des yeux, qui s’estompe à peine après le sexe. Elle lui donne l’impression de se cogner aux murs, aux reflets de la vie. Souvent, il l’a entendue pleurer dans son sommeil, laisser échapper le prénom d’un homme. Sid. Ce coup au cœur dans le noir. La jalousie.

– Tu m’aimes ?

Il ne sait pas ce qui l’attache à elle. Est-ce seulement la gratitude, une façon de la remercier ? Parce qu’elle lui permet d’éprouver enfin ce bref sursaut, cette accélération du cœur et du sang quand il la voit. Ce tremblement fragile qu’il n’a jamais vraiment connu, qui est peut-être de l’amour.

– Tu m’aimes ?

– Non.

25

L'orage vient, la pluie cingle déjà, les nuages se rassemblent, se resserrent, roulent les uns sur les autres. S'entraînent. Pareils à des cavaliers, une avalanche. Le ciel est presque blanc malgré le soir qui approche. Timothée doit interrompre son travail. Il sait comme la foudre pourrait le tuer. Net. Le vent menace d'arracher le toit, d'emporter les bâches qu'il vient de tendre pour protéger les lauzes. Il sait déjà qu'elles ne résisteront pas, qu'il faudra tout recommencer. Il est fatigué, à l'arrêt, retenu. Il discerne ses barreaux. Le tonnerre gronde parmi les sommets. Et pourtant, ce silence. La rupture, la raison défaite. Quelle signification donner à nos actes si personne n'en est témoin ? Depuis longtemps, il est devenu impossible de distinguer le bien du mal. Il pourrait tout détruire, tout brûler. Se jeter dans le vide, découragé. Ou bien prendre un fusil et se rendre au hameau, croiser femmes, enfants, leur mari, leur père, et les tuer. Il pourrait, c'est en lui, il le sent. Comme des fondations de violence, un pilier autour duquel toute vie d'homme s'articule. Il n'est pas si différent. Les ténèbres, il les abrite aussi. Les protège peut-être. Il voudrait savoir, comprendre. Tenter au moins.

Quel est donc ce mal qui refuse de quitter nos existences ? Comme si notre source même était polluée. Suffit-il d'avoir été blessé pour qu'il se déclenche et que nous le transmettions à notre tour ? C'est une lésion du sens. La vie infectée. Il songe à la montagne. Une passe dans la montagne. Nous cherchons une voie, comment laisser derrière nous la violence. Un passage, une fissure. Nous en ferons peut-être un chemin. Nous espérons un signe de la nature. Que nous puissions nous glisser entre les roches. Nous espérons sa mansuétude.

Longtemps, Timothée a buté contre cette paroi. Ignorant de quelle manière l'escalader, la contourner. Alors se coucher au pied du mur, la vie réduite à quelques actes, une pulsion malade. Qu'elle se détache. Mourir de froid. Certains veulent passer en force, faire s'écrouler ce mur, à coups de tête, à coups de poing. Comme s'il les séparait d'eux-mêmes. Quand les forces commencent de manquer, il y a la dope, l'alcool, la vitesse, le cul. Les loisirs, le crédit, la consommation sans limites – tout cela pour les plus faibles. Mais lui, toujours, son cœur bat, sa bonté palpite, sans qu'il puisse les traduire, les transmettre, les exprimer. Son frère lui manque soudain, comme jamais auparavant.

Il comprend qu'entre le monde et lui, entre la vie et lui, entre l'amour et lui, la montagne se dresse encore. Une fois encore, Timothée choisit de ne pas céder.

Il descend à la hâte, saute les derniers barreaux pour atterrir dans l'herbe. Il saisit l'échelle, la couche le long du mur et court vers la baïta. À l'instant de refermer la porte, il voit le torrent quitter ses berges de rocaille. Il se déploie dans la pente, sur le plateau, arrache les pierres, la terre, couche les herbes sur son passage. L'écume gagnée par la boue. La montagne, la nature reprennent leurs territoires.

26

La serrure ne résiste pas. Marie-Jean se glisse à l'intérieur du Duster. Il trouve la manette du capot. Se précipite au-dehors – coup de poignard à la hanche, décharge dans le genou –, tranche les fils de l'alarme. Plus un bruit, plus un geste. La place de la République reste endormie. Aucune patrouille. Il se met au volant, démarre. Une lumière vive au compteur : la jauge est dans le rouge. Pas d'essence, ou presque. Une lueur clignote à l'angle de la place. Longue glissade sur les murs, sous les arcades. Un mélange de bleu et d'orange. Un gyrophare. Marie-Jean se baisse. L'odeur du Skaï. Le plastique froid contre la joue. L'ont-ils vu ? Il retient son souffle. Réflexe idiot. Se calme. La lumière tremble au plafond de la caisse. Ils sont tout proches. Une portière claque. Une autre. Ils sont deux. L'écho de leurs pas sur le bitume. Une lampe torche braquée sur la voiture garée devant le Duster. C'est son tour maintenant. Le capot. Il ouvre la portière aussi doucement que possible. Le faisceau lèche le pare-brise. Il se coule à l'extérieur. Rampe sur le trottoir. Roule sous la caisse. Il voit leurs chaussures de cuir bien cirées. Milice. Écoute le crépitement de leurs talkies-walkies. Ils passent à la suivante. L'eau s'écoule le long du caniveau dans un murmure, éclabousse Marie-Jean, brûle les plaies au visage.

Après leur départ, il guette encore un moment avant de s'extraire de sa cache. Il faut une autre bagnole. Vite. Anna l'attend à la sortie du bled, dissimulée dans un bosquet. L'aube ne va plus tarder. Ils ont laissé le mobile home avec regret. Elle l'a embrassé à l'instant de se séparer. Puis il a marché sous la pluie, le goût de ses lèvres au fond de la bouche. Sous les arcades qui bordent la place, il trouve ce qu'il cherche. De toute façon, il n'a pas la force d'aller plus loin.

Les mêmes gestes, la même concentration. Cette fois, il n'y a même pas d'alarme. Le pick-up Toyota démarre sans difficulté. Marie-Jean se retient d'accélérer, quitte les lieux en douceur. La sueur se mêle à l'eau dégueulasse du caniveau. Il s'essuie d'un revers de la main. Sa blessure à l'arcade s'est ouverte. Du sang dans les yeux. Le carrefour est désert, les feux ne clignotent plus depuis longtemps. Le bourg, la route, la douleur : c'est la même chose.

Anna l'attend comme prévu. Ses cheveux malmenés par le vent, sa silhouette qu'efface par instants la pluie. Il l'aperçoit et cela va mieux. Elle ne l'a pas encore vu. À quoi pense-t-elle ? Un appel de phare. Elle respire un grand coup. Elle monte dans la voiture. Il s'arrête un peu plus loin, elle prend le volant, roule au hasard. Il ne dit rien, tendu, le visage collé à la vitre. Il cherche. Lui demande soudain de faire demi-tour. Un nouveau passage dans la même rue, puis un autre encore. La pluie tambourine sur le toit, le pare-brise. Le glissement des essuie-glaces, ce bruit sourd, obsédant. Une nouvelle fois, elle obtempère. C'est la quatrième fois qu'ils passent devant cette bâtisse. Elle sursaute en entendant Marie-Jean.

– Là ! Celle-ci…

– Quoi, « celle-ci »…

– Il n'y a personne dans cette maison… on peut y aller !

– Comment tu le sais ?

– Je le sens, c'est tout… C'est OK, je t'assure. Gare-toi un peu plus loin. Voilà, parfait. Maintenant, tu m'attends. J'en ai pas pour très longtemps.

– Pas question ! Je viens avec toi. Je ne veux pas rester toute seule.

– C'est pas une très bonne idée. Je veux dire…

– Écoute : c'est ça ou tu termines à pied, OK ?

– C'est bon, je me rends…

Le carreau ne fait aucun bruit quand Marie-Jean le brise d'un coup. Les débris tombent sur la moquette. Il glisse sa main par la fente, actionne le loquet. L'ombre de la maison, semblable à une nappe d'encre. Ils disparaissent à l'intérieur.

Ils s'affairent à tâtons, étrangement calmes.

Défont les tentures, condamnent les fenêtres. S'habituent à l'obscurité. Puis Anna sort de son sac son téléphone. Elle l'allume, enclenche la lampe. Marie-Jean quitte le salon, gagne l'étage, elle le suit. Ils redescendent. Il commence d'ouvrir les tiroirs, le secrétaire. Fouille rapidement. Déplace un tableau au mur. Elle le regarde, interdite.

– Qu'est-ce que tu fous ?

– Du fric, je cherche un peu de fric.

Dans ces baraques-là, il y avait toujours un peu de fric qui traînait…

Il renverse un cadre, le redresse. Jette un œil à la photographie. Il s'arrête soudain. Comme saisi à la gorge. Le souffle lui manque. Il fait quelques pas, hésite. S'écroule sur le sofa.

– Ça ne va pas ?

Aucune réponse. Il regarde autour de lui. Les mauvaises reproductions au mur, la table bien cirée, les images sous la plaque de verre des tables basses. Une famille qui sourit à l'avenir. Les portraits des enfants qui grandissent. L'aîné vient d'obtenir son diplôme, la cadette se marie, une robe blanche, un bouquet d'églantines. Le regard de Marie-Jean court jusqu'à la cuisine. Il croit discerner une ombre, puis une autre. Puis ce sont leurs voix, de plus en plus précises. Il les entend, ce sont eux. Leurs voix fatiguées, sans plus de colère. Juste un souffle venu les voiler par instants. Un rictus sur les lèvres, les regards fuyants, l'amertume, la tristesse insondable. L'heure à laquelle on rend les armes. C'est sa mère qui parle, elle ne sait pas qu'il est là, dans l'ombre du couloir, entre le téléphone et la cage d'escalier. Il ne pouvait pas dormir, il est descendu se chercher un verre de lait. Il s'est caché en les voyant face à face sous la lampe. Leurs figures blanches dans la poussière qui dansait. Comme poudrées. Prêtes à s'effacer. La voix de sa mère. La dernière fois qu'il l'entend :

– C'est la fin, Samuel…

Ils sont assis à la table. La lumière s'effondre sur leurs épaules, se répand sur le Formica jaune. Il prend ses mains. Elle le laisse faire, serre les siennes aussi. Marie-Jean remonte se coucher.

Quelques semaines plus tard, il trouvera son père en train de préparer son petit déjeuner avant d'aller au garage.

– Ta mère était à bout… Elle a quitté la maison.

– Je sais, Papa.

Il boit son lait, avale ses œufs, et court se fondre dans les bois.

Il regarde Anna à nouveau. Elle est un peu floue. Il se relève, s'approche, place les mains autour de sa figure. Il a froid. Son beau visage. Pareil à une flamme. Il l'embrasse doucement.

– Ne t'inquiète pas, on va rien voler… Je ne peux pas. Ça me rappelle chez moi… Je jette juste un œil et on y va.

Il emprunte son smartphone pour s'éclairer, elle reste dans le noir, et c'est comme si elle préférait.

Il traîne dans chaque pièce, ouvre les armoires, caresse les piles de linge, respire le parfum passé de lessive, l'odeur de renfermé, même de moisi et d'abandon qui gagne inexorablement chaque maison. Les photos accrochées dans la chambre des parents, qui retracent une vie sans heurts, souvenirs de Noël en famille, de noces et de baptêmes. Celles des enfants, calmes, désertées, décorées d'un fanion de l'OM, du poster d'une idole déchue depuis longtemps. Un bureau, encore des photos, des papiers rangés sur le maroquin, un tiroir entrouvert. Marie-Jean s'approche, s'assoit dans le fauteuil, ouvre le meuble. Il trouve d'abord la boîte de balles, 9 mm, puis l'arme. Sans réfléchir, il glisse le flingue dans sa ceinture, les munitions dans la poche de son blouson ; il rassemble aussi quelques pièces, une poignée de billets de dix. Il éteint la lampe du smartphone, reste ainsi dans le noir.

– Allons-y…

Elle le suit dans le vestibule. Ils se retournent au même instant, le cœur serré. Le bonheur s'est arrêté ici. Ils peuvent presque l'atteindre, le toucher. Ils n'ont trouvé rien d'autre entre ces murs qu'un peu de paix, un moment de repos. Ce n'est pas grand-chose, et pourtant… Impossible de rester plus longtemps.

Elle s'installe au volant. Il plonge sous la colonne de direction, met le contact. Le pick-up s'engage sur la D92. Marie-Jean sent le calibre sur son ventre. Les battements de son cœur s'accélèrent, le sang frappe à ses tempes. Ils n'ont plus le choix. Ils doivent avancer. Le village, le clocher tors, les sommets sont à deux, trois heures de route. Ne pas entendre la douleur, avancer obstinément. Malgré sa hanche, les côtes, le genou qui ne cesse à nouveau d'enfler, aller jusqu'au bout, avec son œil fermé et l'esprit embrumé par la fatigue.

Aller jusqu'au bout pour tuer son frère.

27

Juste avant la frontière, une station sauvage. De ces dépôts illégaux, où l'on trafique l'essence, la bouffe, les médocs. Marie-Jean l'a repérée de loin. Il demande à Anna de s'arrêter. De l'attendre, planquée. Elle veut savoir pourquoi. Il pose deux doigts sur ses lèvres. Il sort, ne claque pas la porte. Boite jusqu'à la devanture de fortune. Sur sa droite, des dizaines de jerrycans, de bidons d'essence altérée. À main gauche, un amas de pièces détachées, de batteries, de câbles, de carburateurs, une boîte de vitesse parfois. Un peu plus loin, des carcasses de bagnole, des sièges défoncés, des volants. Derrière lui, des dizaines de pneus. À l'intérieur de fortune, un jeune mec tente de réparer un vieux magnéto. Une vingtaine d'années, les ongles noirs, les cheveux roux. Marie-Jean sort son arme, la pointe sur le môme.

– Le blé, vite !

Le jeune reste pétrifié. Marie-Jean lui gueule dessus. Il voit de la peur passer dans ses yeux. Il serre sa crosse. Son index se crispe sur la détente.

Il va tirer. Tout fait sens à présent. Claire et leur fils, la route, le souvenir de Timothée, l'abandon partout, cela devait le conduire ici, le pousser à agir de la sorte. Personne n'a vraiment le choix. C'est ce qu'ils attendent de toute façon. Timothée disait ça, non ? Ils ne m'auront pas. Ils ne m'auront pas vivant. Ceux qui ont pris la ferme de leur père, ceux qui salissent, qui pillent, qui violent, ceux qui les laissent sans racines, ceux qui l'ont fait marcher déguisé devant son fils. Il se rue vers le môme, pointe le calibre à bout portant sur sa tempe. En tremblant, celui-ci sort un antique sac plastique de sous l'établi. Marie-Jean pose son arme devant lui, saisit les liasses rassemblées sous les élastiques. Que des coupures de cinq, de dix parfois. Maintenant, il sent le fric gonfler ses poches. Le gamin tente un geste pour l'empêcher. Marie-Jean le repousse, saisit le flingue, braque le mec. Il lui reste un dernier geste. Se défaire, se retirer du monde. C'est ce qu'ils attendent. Il tire.

28

Ils ont l'envie de lui faire du mal, de blesser en profondeur. De meurtrir les chairs pour longtemps. Ils en ont aussi reçu l'ordre. Ils l'ont suivie depuis qu'elle a laissé Timothée sur l'alpage. Ils s'occuperont de lui plus tard. Ceux du hameau les avaient prévenus, l'un d'eux descendant au bourg pour les avertir.

Les seins serrés dans leurs poings, jusqu'au cri. Les cuisses écartées de force. La jupe, la culotte, le soutif jetés à terre. Le bruit du cutter lorsqu'ils lacèrent. La lame sous sa gorge tendue. L'artère qui palpite contre l'acier. Ce craquement d'osselets aux épaules, clavicules, pelvis, quand ils la maintiennent à terre. Leurs jeux, la lente mise à mort. Ce plaisir-là, de tuer quelque chose en elle pour toujours. Ils la prennent l'un après l'autre. Ils s'échinent dans le foutre de celui qui vient de la lâcher. Un copain attend, la queue en l'air, il se branle pour être prêt. Elle ferme les yeux. Le rimmel a coulé. Le rouge qui déborde des lèvres, tatoué sur leurs bouches. Ils la forcent à regarder les hommes qui la prennent. Sa main resserrée. Le pouce replié sous les autres doigts. Comme font les enfants. Elle arrête vite de crier. Se raidit. Inerte. Ils la forcent à rouler du bassin. Beignes, insultes, crachats. Alors elle fait bouger son cul. Poignets maintenus, la marque des ongles, des phalanges sur la peau. Chevelure répandue, spasmes, décharges brutales. Après ? Elle se recroqueville et ils lui pissent dessus.

29

La route s'arrête enfin quelques kilomètres après la frontière du Carré Sud. Une piste boueuse prend le relais jusqu'au village. Le pick-up tangue d'un bord à l'autre du chemin. Il manque s'embourber plusieurs fois. Les cahots le font souffrir. Il serre le volant plus fort. À un moment, il ne veut plus y aller. C'est elle qui le convainc de poursuivre. Elle prend son visage, plonge ses yeux dans les siens.

– C'est pour ça que tu es venu jusque-là ! Tu ne le sais peut-être pas, mais je t'assure que c'est pour ça.

Alors, il prend la direction du village. Comme Timothée, jadis ? La voiture se fraye un passage entre les ornières, les flaques d'eau sale, les fossés. Il stoppe enfin, au sortir d'un virage abrupt. Des barbelés rouillés protègent un champ aux herbes trop hautes, noires d'étoupe ou de suie. Une dizaine de chevaux amaigris rôdent sous la pluie. Leurs regards tristes, leurs pelages mouillés. Un peu plus loin, les cadavres d'autres montures, éventrées dans l'herbe, leurs entrailles répandues, un poulain dans sa poche, les membres brisés. À chacun, on a arraché les yeux. Le goût des rituels sauvages revenu. Tout cela n'a aucun sens. Il se retient de gerber. Le jour est levé. À quelques pas, une chapelle à la toiture effondrée. Il n'est pas loin, il le sent. Une dernière fois, il regarde la carte routière. Il ouvre la portière... L'air humide du petit jour le saisit.

Il s'approche des clôtures. Il est seul à présent. Il attend que Timothée se montre, fasse quelques pas vers lui. Même, il l'appelle à voix basse. Le vent s'ébroue dans les rares feuillages. Il revient vers la piste. Cherche au creux de la combe. Ramasse quelques pierres. À genoux dans la boue, il les dispose l'une après l'autre. Comme ils faisaient, lui et son frère, sur les berges de la Marne. À chaque bloc, une image, à chaque pierre, un souvenir. La pluie efface le paysage. Tu me manques.

Anna s'est endormie à l'arrière. Les chevaux ont disparu depuis longtemps de ses rétroviseurs. Ne reste que l'épuisement. Il ferme les yeux par instants, à bout de forces. L'impression soudaine d'une chute sans fin. Il ne pense plus à rien. Le jour tire un linge gris sur la campagne, les sommets. La pluie ne cesse pas. Elle tambourine sur le pare-brise. Les essuie-glaces peinent à suivre. La route, défoncée, se perd dans le brouillard humide. Un bus scolaire après l'incendie, des chaussures de môme, des gants, des bonnets minuscules à moitié brûlés sur l'accotement, une pompe à essence dévastée. L'enseigne pendante. Il éteint les phares. Le regard attiré par un ballet d'ombres trempées. Il baisse légèrement sa vitre afin de mieux voir. Un vieil Africain danse sous les trombes. Ivre mort, il chante, le visage offert à la pluie. Peut-être un chant sacré, une litanie. Sa gueule ravagée. Il titube sous les insultes. Quatre jeunes, chasubles de nylon orange sur les épaules, le regardent en se marrant, une bouteille d'alcool trafiqué à la main. Jettent quelques pièces à ses pieds. Sifflent et hurlent pour l'encourager, pour l'effrayer davantage. Puis l'un d'eux dégrafe son pantalon, sort son engin, et se met à pisser sur les pompes du vieux. Les autres l'imitent bientôt. Tellement saouls qu'ils se pissent dessus aussi. Marie-Jean sort du pick-up, le calibre à la main. Le vieillard vacille, la voix épuisée, les yeux ailleurs, comme révulsés. Peut-être veut-il fuir, peut-être qu'il ne sait pas... Peut-être qu'il a peur. Marie-Jean les appelle. Ils tournent la tête. L'Africain psalmodie toujours. Ils ne protestent pas, se rajustent un peu, s'éloignent sans lui tourner le dos. Ils détalent seulement quand ils sont à bonne distance. Le bras de Marie-Jean retombe. Il rejoint le pick-up. L'Africain danse encore. Il le voit s'agiter dans le rétroviseur. Un rideau de pluie l'efface lentement.

Anna a observé la scène à travers la vitre arrière. Ils échangent un regard, un sourire dans le rétro.

– J’ai entendu un coup de feu tout à l’heure.

– Je ne l’ai pas tué. Juste tiré en l’air. Ils ont failli m’avoir, tu sais…

Déjà l’après-midi se délite, ils devront s’arrêter bientôt.

30

Ils se retrouvent en vallée, au cœur de la forêt, ce qu'il en reste. Une clairière intacte au cœur du Carré Sud, un arboretum. Le legs éternel d'un colonel de la Luftwaffe, il y a plus d'un siècle maintenant. Le vent est à la pluie, c'est une saison de nuages sombres. Ils viennent coffrer les arbres, cerner de cendre les essences rares, les feuilles naissantes. L'endroit est inviolé. Ses camarades s'y retrouvent à chaque solstice depuis le début des troubles. Un rendez-vous sacré d'Équinoxe.

Ils sont une dizaine d'hommes. Force, Esprit, Honneur. Réunis autour d'un druide, leur guide pour la cérémonie. Cheveux courts, le visage hâve, les yeux enfoncés dans le crâne. Large manteau noir, peut-être du cuir. Ils sont les survivants. S'apprêtent à honorer le Peuple de la Forêt. Les légendes, les korrigans, les spectres. Disposés debout en un cercle parfait, ils se donnent la main, les paupières closes, les pieds ancrés au sol, au milieu des aiguilles et des pommes de pin, des racines enchevêtrées qui échappent aux arbres. Ils laissent le vaste silence les envahir. Les cœurs s'apaisent, leurs battements se fondent au rythme de la nature. Le sang coule comme une rivière souterraine au creux de leurs veines – calme et purifié. Bientôt, ils éprouvent la sensation profonde de ne plus faire qu'un avec la nature, les bois, les éléments. Humus et lichens. Et c'est alors que certains le *voient* soudain. C'est un signe, un blanc-seing, un rendez-vous, ils le savent.

D'un bond souple et puissant, le maître de la forêt jaillit des taillis aveugles pour se poster au centre de leur cercle. Il porte ses bois en triomphe. Son mufle humide laisse échapper une sorte de vapeur épaisse qui se mêle à la brume, à l'averse qui cingle maintenant leurs visages immobiles, leurs paupières closes. Ils peuvent sentir son souffle, deviner ses flancs à peine soulevés par la pulsation ample de l'âme sauvage. Les beaux yeux bruns de l'animal posés sur chacun d'entre eux, son regard attentif, son regard noble et profond où l'acuité s'allie au dédain, cherchant celui qu'il désignera comme un élu.

Il suffit d'un mouvement du vent dans les branches, tel un signal, et le cerf regagne d'un saut le cœur noir de la forêt. Ils ouvrent les yeux afin d'accompagner la vision vers les bois sombres. Le long des troncs sertis de lianes, parmi les frondaisons emmêlées, ils distinguent à présent des formes étranges, presque effrayantes à l'aplomb du jour. Ils ont l'impression, la certitude plutôt, d'assister à un ancien sacrifice, un rite païen, une prière originelle. Des incantations, des chants désappris afin de nourrir les flammes immenses d'un bûcher au plus près de la nuit. Puis ces images aussi leur échappent, et ils se sentent dépossédés. En levant la tête, ils voient apparaître une trouée dans les nuages, un cercle parfait, comme ajusté à celui formé par les hommes dans la clairière, s'élargissant peu à peu à leur verticale, repoussant les nuages et la pluie, accompagné par le vol circulaire d'un rapace. Le temps est venu d'emprunter pour longtemps, pour l'Histoire, ce sentier de grâce et de feu. La voie du guerrier. Un acte pour signer leur vie. Un paraphe de flammes et de sang versé.

Ils ont déjà violé l'Africaine. Ils vont tuer l'homme qui lui a offert son aide.

31

Il sort l'image du village. La regarde encore, comme si elle pouvait détenir une espèce de réponse. Il quitte la voiture en boitant. Le vent souffle par l'est. Il quitte la bagnole, comme happé par la vision. Le clocher tors, les sommets au fond. Il avance vers le parvis. Les portes sont condamnées, les vitraux brisés répandus au sol. Personne n'a osé y toucher. Une femme l'observe, dissimulée à l'entrée d'un presbytère en ruine, toiture effondrée. Il la remarque, se dirige vers elle en tendant la photographie. Elle a un moment de recul quand il approche, et cela lui fait de la peine. Il est méconnaissable, il fait peur. N'est rien d'autre qu'un fugitif, un meurtrier. La femme jette des regards à la dérobée comme si elle cherchait de l'aide. Elle regarde l'image. Son frère et lui, il y a dix ans, il y a quinze ans. Il désigne Timothée du doigt. Elle indique simplement un chemin à la sortie du village, qui s'enfonce dans la montagne.

Ce n'est pas de la colère ni du chagrin, ce n'est pas le sentiment d'avoir été trahi, non, c'est autre chose, d'indicible et brûlant. Ce n'est pas la honte, ni les regrets, c'est au-delà du soulagement et du dégoût. Ce n'est pas de l'amertume. C'est comme un fruit pourri dont on chercherait encore le suc, les parfums enfuis. Il pense à son fils, à l'instant où il a compris que son père allait le tuer, ses yeux alors. Il pense au pays traversé. À Anna, qui pleure dans son sommeil, qui appelle un homme perdu. Il pense à ce frère exilé que l'amour et les rêves des autres étouffaient. Il pense qu'il l'a cru mort longtemps.

32

Ils sont partis après la tombée du soir, Marie-Jean se souvient. Les frères Garin, les camarades de toujours, les compagnons de jeu et de biture, les frangins en solitude. Ils ont attendu la nuit pour s'en aller. Ils savent que le crépuscule est une épreuve. Les premiers pas du deuil dans la pénombre. Les conversations se taisent, les lèvres tremblent, et la brûlure de l'alcool ne suffit plus. Les mots sont devenus inutiles. Quel soutien ? C'est absurde, dérisoire. Obscène. Alors être là, allumer les lumières aux quatre coins de la maison. Éclairer la véranda où les hommes vident en silence leurs dernières bières. Mais vient le moment où ils se lèvent et s'en vont. Mettent toute la force, tout l'amour qu'ils peuvent dans leurs étreintes. Ils jettent les bouteilles dans la poubelle avant de s'en aller. Le bruit du verre brisé, leurs pas dans la rue, les moteurs relancés. Puis plus un bruit. La solitude, le chagrin qui revient sur chaque chose, attise chaque souvenir. Les lampes qui brûlent pour rien, dans la cuisine, l'entrée, le salon. Seule la chambre des garçons reste dans l'obscurité. Leur mère est assise sur le lit de Timothée. Debout à la porte, Marie-Jean la regarde. Silhouette tassée dans le noir. Elle ne détourne pas la tête. Elle pleure en silence. Lui se dérobe.

Il trouve son père au garage, qui jette au fond du brasero les diplômes d'escalade, les photos. Les premiers chaussons, la poche de magnésie. Un baudrier de petite taille, les coupures de journaux. Les flammes s'agitent sur le visage de Timothée. La bouche, le nez se tordent, le geste parfait au moment d'assurer sa prise, le bras calciné, les jambes rongées. L'odeur du nylon, du caoutchouc brûlé. Ces craquements sourds, ce parfum dégueulasse. Les lueurs vives sur la carrosserie de la 205 défoncée. La voix de leur père, couverte par les bruits du feu :

– Laisse-moi, veux-tu…

Marie-Jean s'enfonce dans la nuit. Il entend son père qui referme la porte du garage derrière lui.

Il ne cherche plus à repousser les souvenirs. Autant de cauchemars. Même pas. Il comprend que les images, les voix ressuscitées le rassurent encore. Le tiennent vivant. Un cri d'oiseau le tire de sa torpeur. C'est devenu si surprenant, un simple cri d'oiseau. Il regrette de ne pas savoir, de ne pas pouvoir le nommer, le désigner. Où sont passées ses connaissances ? Alors il se rappelle les premières semaines après le départ de Timothée. C'est comme s'il était mort. La maison vidée de sa substance. L'espoir les a laissés. Il voit ses parents s'éviter. Incapables d'échanger un mot, un regard. Comme si chacun était devenu le remords de l'autre. La preuve qu'il y avait eu une vie différente, avant. Peut-être du bonheur. Et ce bonheur avait un prénom qui n'était pas le sien. Le nom de son frère, un fer rouge.

Sitôt dîné, son père s'enferme au garage. Sa mère s'occupe de la maison, l'air absent. Il la surprend dans la cuisine, penchée sur l'évier d'inox. Malgré les légumes, les assiettes éparpillées, elle reste interdite, les mains ballantes. Ou bien elle oublie de couper l'eau, ne sent pas l'évier se remplir et découvre, surprise, la flaque répandue dans toute la cuisine. Marie-Jean préfère sortir. Les bois, la Marne l'apaisent encore. Ou bien il court rejoindre son flirt de l'été. L'histoire dure encore à l'automne, à l'hiver, les premiers froids. N'importe quoi, mais ne pas rester seul. Claire est mignonne. Est-ce qu'il l'aime ? Ne se pose pas la question. Depuis le départ de Timothée, Marie-Jean ne sent plus son cœur. Ils baisent à l'arrière de la bagnole des frangins Garin, sur un parking désert, à l'abri des réverbères aux ampoules brisées. Il y trouve de la chaleur, ce qu'il faut d'oubli pour se sentir vivant.

Assis dans son fauteuil, il pense à elle. À cette vie défaite. Il l'aura entraînée dans sa chute. Marie-Jean revoit son sourire à l'automne, quand les derniers rayons venaient mourir sur le pare-brise, juste après l'amour. Son bonheur à la naissance de Bastien. Avant que leur vie, avant que le monde même ne s'effondre.

Peu après le départ de Timothée, il entend de sa chambre un bruit sourd, régulier. Des chocs violents qui déchirent le silence. Qui fracassent et déchirent de la tôle. Il descend au garage, sait ce qu'il va trouver. Son père arc-bouté, une masse entre les mains qu'il lance à intervalles réguliers contre le toit, les portes, le capot de la 205. *Je n'ai jamais su prendre la place de mon frère.*

33

Une silhouette apparaît derrière la moustiquaire. Une vitre de plastique fêlé les sépare encore. La nuit se retire. Ses derniers reflets tremblent sur la glace. Laissent le jour s'y imprimer lentement. Des touches d'ambre et de parme. De rose et de mauve.

Plus loin, un appentis émerge des brumes matinales. Marie-Jean et Anna y ont dormi une heure ou deux, juste avant l'aube. De longues planches de bois brut séchaient dans l'obscurité. Les voliges attendaient sur le grand établi. Les scies, les outils dégageaient une odeur d'huile et de graisse qui se mêlait au parfum du bois découpé. Son frère vit seul, à l'écart de tous. Au loin, la fumée d'une cheminée. Marie-Jean discerne un hameau recroquevillé au flanc de la montagne. Il lui semble qu'un torrent fait office de frontière naturelle. Il sent l'arme dans son dos, au creux des reins. Anna l'attend dans l'appentis. Le torrent dévale la pente dans un fracas d'écume, jette une lueur nacrée sur les berges. Il pense que cette douceur est insoutenable. Ce qu'il éprouve maintenant, c'est de la haine. La lumière monte avec douceur. Pour la première fois depuis longtemps, il se regarde en face. Son visage défait. Il entend le bruit des souliers sur le plancher. Il ne le voit pas, distingue seulement une ombre, un mouvement obscur. Il fixe l'entrée. Il n'y a que sa figure blessée en reflet.

Puis peu à peu, elle se recompose devant lui, à mesure que Timothée apparaît. Les yeux clairs de son frère remplissent ses orbites, lui redonnent un regard. Le front bombé, les pommettes hautes, intactes, puis la bouche, et le lent sourire qui éclaire ce visage étrange.

Partout autour, ce sont les sommets. Les parois qui se penchent sur eux d'un seul mouvement. La neige recommence à tomber, les assauts du vent.

34

La lumière est étrange dans la baïta. Voilée, jaune, comme ternie. Marie-Jean discerne mal les formes dans la pièce. Les séquelles du passage à tabac, encore, et pour longtemps. Jusqu'à la fin, il le pressent. Et cela enfonce un coin en lui. L'affaiblit. Il cligne des yeux, essaie de faire le point, une main dans le dos, la paume serrée contre l'arme glissée dans sa ceinture, sous le blouson de cuir. Il revient aux cadres des deux seules fenêtres de la pièce. Il croit comprendre, il a besoin de quelques secondes pour réaliser vraiment. Il n'y a pas de vitres aux fenêtres. Mais une fine peau de bête, tannée, raclée à l'extrême, jusqu'à devenir translucide.

Timothée est immobile, les yeux légèrement plissés, un sourire vague aux lèvres. Il trouve la situation étrange. La présence de son frère ne l'étonne ni le dérange – comme s'il s'y attendait depuis longtemps. Ou plutôt comme si, imperceptiblement, il se sentait peu à peu plus serein encore. Rassemblé enfin, et presque complet. Il lui sourit lentement. Et cela désarme Marie-Jean.

Il serre la crosse de son arme, phalanges blanchies. Malgré la pénombre, il essaie de plonger ses yeux dans ceux de son frère, d'y lire une émotion, de la surprise ou même de la peur, peut-être du bonheur, de la joie, quelques larmes. Mais rien. Les pupilles de Timothée sont pareilles à des lacs glacés. Alors il sort l'arme, la braque, pose le canon sur le front de son frère.

35

– Tu étais un gamin qui ne posait pas de questions. Résolu dans ton silence. Une énigme. Et moi, je n'avais pas… Je n'ai pas pris le temps.

Ils tracent leur chemin à travers la lande. La rumeur du torrent monte à deux pas. Anna les observe de la fenêtre, elle connaît déjà la fin. Marie-Jean… Il a baissé l'arme quand Timothée l'a appelé par son prénom, comme si la voix surgie de l'enfance le ramenait à un ordre ancien qui pouvait encore le protéger. Puis ils sont sortis tous les deux, et elle les a laissés.

Une brume irisée s'élève des eaux tourmentées. L'espace d'une seconde, le soleil disparaît, un bref silence court dans la montagne. *Je marche à tes côtés et je n'ai pas les mots. Je pourrais te tuer comme te prendre dans mes bras. Je n'ai pas les mots, je n'ai pas les mots, putain ! Je t'admirais tellement, je t'aimais tellement, tellement.* Les nuages se rassemblent à l'horizon, la chaleur monte d'un cran, les parfums saturés, la terre appelle une pluie qui ne viendra pas. Un tourbillon de poussière s'affole au-dessus du hameau.

Les derniers moutons se réfugient soudain dans le coin d'un pré, l'herbe est si rare qu'on la distingue à peine, quelques brins au milieu du sable. Orage lointain, jachères brûlées. *Salaud, traître, pourri, enculé de ta race, tu m'as tout pris, tout volé, le peu que tu m'avais donné, tu l'as emporté, et je t'admire encore.* Un voile de poussière se lève au loin, bientôt le paysage entier s'effacera, la baïta, le hameau, les sommets, Marie-Jean et son frère Timothée. *Je viens reprendre mon passé, mon enfance, le visage de ma mère avant les larmes. Mais je n'ai pas les mots…* Le ciel est presque jaune à présent. *Il y a ceux que je pense et ceux que je voudrais prononcer, ceux que je garde au secret depuis si longtemps et ceux qui menacent de jaillir, et ce ne sont pas les mêmes, ils s'échappent et m'exilent et me repoussent. Ils sont comme ces syllabes étrangères qu'il faut retenir au fond de la gorge. Tout au fond, ce sont encore tes mots.* Le dais de poussière les enveloppe, brûle leurs yeux, les isole sèchement. Les voilà rayés du monde.

– Pourquoi t'es-tu tiré comme ça ? Je n'ai jamais compris. Pourquoi t'es parti comme ça ?

– Parce qu'il était trop tard. Parce que les paroles n'auraient rien changé. Parce que j'étais fatigué… C'était mieux ainsi, je crois.

– Tu n'as pas pensé à m'emmener avec toi ?

– Non…

– Pourquoi ?

– Parce que tu n'avais plus besoin de moi, p'tit frère.

– Ce n'est pas vrai. Et puis, ce n'est pas la question.

– Si, justement. C'était aussi la question. Il était temps que tu existes un peu. Tu en crevais de toute façon.

– Dis pas ça... S'il te plaît.

– Mais c'est la vérité. C'était tellement vrai, Marie-Jean ! Tu le voyais pas ? Et puis, si j'étais resté, je n'aurais pas été à la hauteur.

– Non, je ne pense pas. Tu te trompes.

– Je t'aurais aidé. Tu te serais surmonté.

– Pourquoi ?

– Pour moi. Parce que je te l'aurais demandé.

Ils sont revenus vers la maison couverts de poussière, les lèvres écorchées. Timothée prépare un thé d'herbes en silence. Marie-Jean se lave le visage à l'évier de la cuisine. Une vasque sommaire, taillée dans la pierre. L'eau est glacée, elle charrie du sable. La nappe souterraine est presque épuisée. Marie-Jean caresse le roc humide, le regarde se teinter lentement. *Je suis fatigué, tu sais, fourbu, mes muscles me pèsent, ma force est inutile, c'est le cœur qui tient tout, et le mien est trop petit pour vivre pour aimer, il bat comme on donne des coups, et mes coups ne portent plus, j'ai vieilli, je suis fatigué, tu sais, je suis fatigué et j'aimerais pouvoir rester un peu ici, me reposer, dis-moi que tu comprends, que tu acceptes*. L'eau est plus claire, presque fraîche. Dehors, l'orage s'est éloigné, la terre est sèche aussi, il ne pleuvra plus maintenant. Il n'existe pas de délivrance.

– Pourquoi es-tu venu jusqu'ici ?

– Pour rien. Pour me tenir debout face à toi.

Ce ne sont jamais les bonnes phrases, on ne sait pas dire les mots justes, je ne sais pas, moi. De mauvaises cartes, battues au hasard, qui sortent en désordre, la partie est jouée d'avance. Marie-Jean suit son frère près de la cheminée, ils s'assoient par terre. *Je suis un homme perdu, je suis incapable de te pardonner. De me pardonner.* Timothée verse le breuvage dans des verres aux bords polis, usés. Marie-Jean le regarde enfin. Il est si sec, si maigre. Les muscles, les nerfs, la peau, rien d'autre. Est-ce qu'il lui ressemblera, plus tard ? En vieillissant, les hommes deviennent des visions extrêmes d'eux-mêmes – que trouvera-t-il alors dans sa solitude acérée ? La grâce, la folie ? Marie-Jean observe les mains de son frère. Deux rapaces prêts à blesser.

– Quand j'étais gamin, tu avais un surnom pour moi, tu te rappelles ?

– Oui.

– Tu ne veux pas me le redire ?

*

– Tu comprends, Marie-Jean, je suis aussi parti parce que je ne voulais pas qu'ils me fassent ce qu'ils ont fait au père.

– De quoi tu parles ?

– De la banque. Tu étais tout môme, tu ne peux pas t'en souvenir. Papa avait une ferme. Notre ferme. C'était un cultivateur, un éleveur aussi. Il a suffi de trois mauvaises années...

Il pouvait plus payer les traites. Ils ont vendu la ferme pour se rembourser. J'étais gamin à l'époque, mais je m'en souviens. Le vieux a dû prendre cette place au garage pour s'occuper de la famille… Et puis, petit à petit, ça a commencé de péricliter aussi… Les moteurs thermiques n'avaient plus trop la cote, et le vieux n'était pas formé aux engins électriques…

– Je ne savais pas.

– Il n'en parlait jamais. C'était comme un truc mort au fond de lui. C'est pour ça que je suis parti. Ils ne m'auraient pas. Ils ne m'auraient pas vivant.

*

– Trottinette ?

– Quoi ?!

– Trottinette ? Tu te souviens ? Je t'appelais comme ça, là-bas. Tu t'en souviens ?

– Oui, Timothée, je me rappelle à présent.

*

Comment regagner la source ? Impossible. Marie-Jean s'est retourné vers son frère. Doucement, il a posé ses doigts sur la bouche de Timothée. Comme on veut refermer les bords d'une blessure, comme on veut apaiser la douleur, et l'empêcher de se propager. Maintenant, il le serre contre lui. Il ne reconnaît pas son odeur. Et les mots lui viennent enfin.

– Nous sommes tous morts là-bas, Timothée. Mais nous ne le savions pas, c'est tout.

– Ne dis pas ça.

– Tu sais, cela a été une longue route pour revenir jusqu'à toi. Un deuil interminable. Mon fils, mon petit garçon… C'est fini maintenant. Il faut laisser les morts en paix. Tu comprends ? Mais je n'y arrive pas ! C'est interdit d'occulter ça ! Mon fils…

– Dis-moi…

La tendresse tourmentée du visage de son frère. Rien d'autre. Marie-Jean est au milieu de sa vie. Comment rester digne jusqu'au dernier murmure ? Trouver un endroit où achever sa course… Comment vaincre ce qui gît en toi et t'entraîne vers la nuit, le silence ?

36

C'est une chapelle sous le soleil naissant. Un toit de lauze, un simple clocher de briques sombres. Des murs blancs, un bel enduit, presque crémeux. Étonnamment intact. À quelques pas de l'entrée, prise dans un bloc de granit, une longue croix dont l'ombre vacille sur l'herbe rase. Elle rejoint la silhouette des arbres morts, se dérobe au pied des troncs asséchés. Autour des fenêtres, les pierres ont été laissées apparentes. Elles dessinent un écrin aux modestes vitraux. Une impression de grand calme, d'espace. La montagne est muette, le ciel immobile. Très bleu. L'azur est devenu dangereux. Les nuages protégeaient la terre de la chaleur, de la sécheresse. Mais plus maintenant. Et l'on passe du ciel vide aux tempêtes d'une heure à l'autre.

Anna vient ici chaque jour. C'est elle qui a découvert la chapelle. Ses échappées solitaires, loin du camp, de la baïta, malgré les appels à la prudence de Timothée. Elle pousse la porte. L'intérieur est désert. On a retiré depuis longtemps les bancs de prière pour faire du feu.

L'autel, l'armoire contenant les encensoirs, les coupelles de cuivre et d'argent ont aussi été pillées. Ses pas résonnent sur les tomettes disjointes, une trace de lumière tombe du vitrail. Anna se tient face à une longue frise continue. Elle court de mur en mur. Des teintes pastel, des pigments naturels dans un sale état. Peinte au début du XVIe dans cet ancien ossuaire – elle le devine. Une danse macabre. Une jeune fille, un enfant, un chevalier, un empereur, le riche et le pauvre... La même farandole. Des cadavres nus les emmènent. La guerre, les famines, les épidémies. Une étrange escorte. Cette épouvante.

Elle lève les yeux vers le plafond. Les planches de bois lavé, quelques poutres, solives, craquements. Le silence, les rayons du soleil tissent au sol une figure incertaine, vibrante. D'où vient ce vertige ? La sensation de s'affaisser, de tomber en elle. Les yeux secs, fondre en larmes. Qui pleure ainsi au fond d'elle-même ? Anna voudrait s'enfuir. Pour la première fois, elle en est incapable. Elle reste là, un souffle l'abaisse, la soumet doucement. Elle l'accepte. C'est une main posée dans l'air. Une parole qui gisait dans son cœur. Cette rencontre, peut-être une illusion. De celles qui jaillissent, auxquelles, pareil au noyé, on voudrait se raccrocher. La dernière chance. *J'ai toujours voulu dominer ma vie, la tenir au plus près, être la seule à prendre les rênes, et puis... je sais que c'est impossible à présent.* Les larmes l'aveuglent enfin, l'émotion, la fatigue. *Je n'ai laissé aucune chance à personne. Même pas à moi, finalement. Je ne crois pas en Toi. Mais Toi, si Tu pouvais me pardonner, me dire simplement que je n'ai pas vécu pour rien, que j'ai compté pour quelqu'un, que j'ai su aimer, même mal, aimer. Sid me manque tellement. Je pense à lui et je suis enceinte de Marie-Jean... Il ne sait pas encore. Mais dis-moi seulement que j'emprunte à présent le bon chemin, que je vais au plus juste. Le dénuement... Juste un signe, une marque du soleil contre le mur, j'ai besoin de Ton acquiescement, Tu comprends ?* Le jour s'atténue contre les vitraux, une vierge impassible, un enfant muet contre sa poitrine, le froid soudain. Les morts dansent sur les murs. Anna se relève.

37

Il aime s'installer dans l'appentis. Peu après leur arrivée, Marie-Jean a commencé d'y mettre un peu d'ordre. Jour après jour, il reprend toutes les jointures, seul. Il refuse l'aide de son frère, d'Anna. Il a ménagé une ouverture dans la toiture, adaptant l'une des vitres de la bagnole à même la charpente. Il s'étend dessous pour rêver en regardant la course des nuages, les mouvements brusques du vent. Dans le coin ouest, il a déployé deux ou trois couvertures, un coussin recouvert de feutre brun. Certaines nuits, il vient dormir ici, toujours seul. Elle le laisse faire, ne pose pas de questions. Elle ne sait comment agir pour l'apaiser. Elle a la sensation qu'il existe un autre homme chez lui. Plutôt, un homme en dessous, en profondeur, et cet homme est désespéré. Elle le regarde longtemps, avec tendresse, avec douleur.

Ce soir, mais cela pourrait être aussi bien la veille que le lendemain, juste avant la nuit, ils plantent ensemble un rosier. Il a trouvé des graines au bourg, n'a pas écouté Timothée lui recommandant d'être vigilant, de ne pas se faire remarquer davantage. Une espèce particulière de rose. La photo jaunie, sur le sachet délavé, montre une fleur sensuelle, à la fois éclose et retenue. La couleur est profonde, une façon de pourpre.

– Tu feras jamais pousser de roses à cette altitude…

Ils ont les mains dans la terre, tapissent le fond d'un large pot de grès. Impression régressive, chaleur étrange, Anna voit bien comme Marie-Jean est concentré, comme il aime ces instants d'oubli. À un moment, il relève la tête vers elle et dit :

– À ma naissance, ma mère a planté un arbre dans le jardin, elle a enterré son placenta près des racines. Un camélia.

Il voudrait repousser la douleur naissante au fond de sa poitrine, combler la déchirure. Il ouvre le sachet de graines d'un coup de dent, crache le morceau de papier sulfurisé. Elle voit les veines à son cou, qui palpitent. La pulsation sourde, désordonnée. Il voudrait parler, n'y parvient pas. Bientôt, la colère et le désarroi ne formeront plus chez lui qu'un seul agrégat d'émotions muettes, condamnées au silence, au pourrissement. Alors, il explosera. Parfois, déjà, il a ces accès de violence. Il renverse tout sur son passage, la table sur laquelle ils s'apprêtaient à dîner, et qu'il a construite de ses mains. Il casse pour se briser, s'exiler davantage. Frappe des deux poings les portes, un mur de pierres, enchaînement rapide, ombres vives, pareilles à des oiseaux affolés, les phalanges en sang, les traces noircies sur les draps le lendemain matin. Tout cela, les gestes bruyants, le désordre violent des sens, les meubles abîmés, les écorchures : des mots empêchés. Elle le sait, demeure immobile, s'absente de la scène. Pas une parole, pas un geste, le laisser seul contre lui-même. L'abandonner.

Quelques rayons échappent aux nuages, très pâles, une lueur hésitante qui vient s'étendre sur la baïta, l'appentis. C'est l'affaire d'une seconde, une impression d'éphémère, de vie fragile, rendue à elle-même, et vacillante. Une flamme vite mouchée. Il poursuit :

– Quand mon frère s'est tiré, j'ai construit une petite boîte en bois, une espèce de cercueil. J'y ai placé tout ce que j'aimais vraiment, l'un de ses paquets de magnésie, un livre de poche, un exemplaire de Simone Moro. Le winter maestro, son idole... Une photo d'anniversaire où je posais près de lui. Une coupure du *Dauphiné*, qui parlait de l'un de ses exploits. Des trucs, des conneries comme ça. J'avais rajouté un morceau de branche cassée que je gardais toujours avec moi, des feuilles d'arbres trouvées dans les bois, un silex trouvé sur la berge de la Marne... Puis je l'ai ensevelie au fond du jardin. Tu vois, j'ai enterré le gamin que j'étais.

– Tu vis avec un fantôme alors ?

– En quelque sorte, oui.

– On dirait qu'il n'a jamais été aussi vivant.

Anna le prend dans ses bras, elle aimerait qu'il pleure à présent, qu'il se libère enfin.

– Pourquoi veux-tu que nous plantions un rosier ?

– Parce que c'est une plante sensible. Elle réagit la première aux maladies, elle prévient les paysans.

Anna est triste, apaisée aussi. Le printemps viendra peut-être. Le ciel se dégage par instants, puis les nuages se répandent parmi les cimes, les landes. Les toitures dégouttantes, les rives inondées du torrent. Le soir vient sur un vaste miroir. Les eaux sont partout. L'avenir repose en friche.

– Marie-Jean ?

38

– Et le vieux, il a souffert ?

La voix de Timothée est presque inaudible. Depuis l'apparition de Marie-Jean, les souvenirs affleurent, l'assaillent, le torturent. Marie-Jean éprouve la profondeur du silence, la tension, l'attente. Les images lui reviennent, les derniers instants de son père. Il ne veut pas, mais il se souvient. Il est comme un cheval qui refuse l'obstacle, puis le franchit quand même. La mémoire, le mors aux dents.

... L'après-midi se cogne aux fenêtres. On dirait qu'elle veut entrer de force dans la pièce. Une lumière crue, très blanche, qui rebondit sur les graviers de la cour. Les rideaux sont tirés. Un rai de lueur exténuée vient baver sur le lino. Au pied du lit, une paire de pantoufles trouve sa place exacte au centre d'un des carrés de plastique gris qui recouvre le sol. Il est au chevet d'un inconnu. À côté du lit, un plateau de perfusion brille dans la pénombre. Un réseau de fils translucides relie au poignet de son père un large cathéter tenu par des lambeaux de tissu. D'une poche de plastique jaunie à force d'être réutilisée s'écoule une solution huileuse, frelatée, vaguement transparente. Marie-Jean remarque l'objet que son père tient entre ses doigts. Une gâchette de couleur blanche. Pistolet à morphine. Lorsque la douleur devient intolérable, le vieux peut s'injecter une nouvelle dose. Elle le plonge dans une torpeur inégale, parfois violente. Le produit est périmé depuis des mois. Marie-Jean se demande ce que son père trouve sous ses paupières. Quels souvenirs, quels paysages, quels visages ? Que lui reste-t-il à apprivoiser ? La certitude de la mort, la paix, enfin ? Une odeur étrange flotte dans la pièce, un mélange de médocs et de vieille sueur. Une douceur un peu aigre.

Maintenant, il aide son père à se relever un peu. Avec deux oreillers calés dans son dos, le vieux retrouve presque le monde des vivants. Le sursaut d'un gisant, juste avant le tombeau, la décomposition. Par pudeur, il dissimule sous la couverture sa main abîmée par le cathéter. La peau marquée, les grands bleus qui recouvrent les taches de vieillesse, Marie-Jean les connaît. Ils ne parlent pas. Le vieux a des difficultés à s'exprimer. Les poumons s'atrophient de jour en jour. Le larynx, après le foie, H7N9 dévaste chaque organisme, chaque organe sur son passage. À sa gauche, un masque à oxygène relié à une bonbonne de métal. Vide. Marie-Jean sent la sueur couler dans son dos. Son enfance, l'adolescence lui montent aux lèvres. Un goût de pourriture, envie de gerber. Il regarde son père avec acharnement. Malgré la soif, il n'ose boire à la bouteille posée sur la table de chevet. Il s'efforce de distinguer ce qui subsiste encore de l'ancien visage. Son père, tel qu'il l'a connu, a déjà disparu. Il ne reconnaît rien dans cette figure, sur laquelle passe une mauvaise ombre, ensevelissant les traits, la plus petite expression. Une face inerte au creux de l'oreiller. La mort au travail. Seule trace de vie : le souffle hésitant qui passe les lèvres exsangues. L'espace d'un instant, Marie-Jean a l'impression que son père ne respire plus, et il en ressent une sorte de soulagement. Il se penche sur la gueule absente pour sentir le fil ténu, dégueulasse, de son souffle contre son visage. Une odeur inconnue, comme du lait tourné, une âme salie qui s'échappe. Il y a dans ces derniers souffles les défaites, les craintes, les injustices d'un homme bousculé par l'existence. L'inquiétude et la peur, la certitude et la peur. Et puis cette angoisse pitoyable, questions restées sans réponse : s'est-il tenu bien droit sur le chemin, s'est-il montré digne ? Après avoir travaillé comme un chien, après avoir vu s'écrouler un à un tous ses espoirs, après avoir vécu dans la peur de tout perdre, après le départ du fils préféré, il ne reste que cela au vieux : le sentiment de sa propre dignité. L'illusion de soi-même. Marie-Jean ne retient même pas un ricanement. Ce pauvre type agonisant avait-il été un bon père ? Le temps manque pour pardonner. Il faudrait pourtant, non ? Non.

Marie-Jean s'écarte de son père, retombe lourdement sur sa chaise. La rage, la peine, il est incapable de les démêler. Il se souvient comme le vieux préférait Timothée, et comme lui avait honte de son paternel. De ses mains, de ses ongles sales. Ce pauvre mécano.

Une quinte de toux brise le silence. Marie-Jean dispose à nouveau les oreillers, la couverture, et prend le vieux dans ses bras. La tête du vieux repose contre la poitrine de son fils. Il est fiévreux, plein de sueur et de sales odeurs. La mort, ça pue, c'est dégueulasse. Marie-Jean le berce lentement. Le vieux reste immobile, les yeux grand ouverts dans la pénombre. Il retrouve son garçon, se retrouve lui-même. Déjà, la nuit, sa nuit vient. Un bloc plus sombre gît au bas des rideaux. Le père et le fils, isolés, arrimés. Naufragés. Tout à coup le vieux se redresse, fixe son garçon d'un regard intense, brûlant, tend deux doigts vers lui et dit :

– Ça, c'est mon fils !

Ses doigts retombent et il frappe sa poitrine, tout près du cœur.

– Timothée, Timothée…

– Je suis là, papa, je suis là…, répond Marie-Jean.

Ils restent comme ça un moment, puis le vieux s'en va dans un hoquet, un peu de bave, de sang coulent sur son menton. Marie-Jean le repose lentement, puis l'embrasse sur le front, et quitte la chambre, la maison.

À présent, il se tourne vers son frère, plonge ses yeux dans les siens.

– Il t'a demandé à la fin, alors j'ai pris ta place, ne t'inquiète pas. Et il n'a pas souffert…

– Merci.

Timothée est au plus près du silence, c'est un murmure à peine :

– Je te demande pardon…

Alors Marie-Jean sait qu'il a retrouvé son frère. Qu'ils ne se quitteront plus désormais.

39

Ils baisent dans la serre. La nuit, la neige dépose un châle blanc sur les épaules d'Anna. Au-delà des vitres, elle a l'impression que les ténèbres l'observent, que le regard de Timothée pourrait surgir du néant. Elle n'a pas peur, Marie-Jean la prend encore. Il la tient serrée contre son ventre, ses mains s'enfoncent dans les hanches d'Anna, comme s'il voulait laisser une trace, la marque visible, tatouée dans la chair, de sa présence. De la ouate s'échappe de leurs baisers, ils râlent dans un nuage de gaze, leur haleine les réchauffe à peine. Il pose sa main sur son visage, elle suce ses doigts. Elle garde les yeux ouverts tout le temps. Elle fait confiance à la pénombre qui élargit les pupilles, agrandit les songes. Tout à la fin, c'est une sensation nette, éclair violent, comme un renversement. Lui paraît fauché par une balle en plein front, sa tête s'écroule entre les seins d'Anna. Leur sueur glacée, déjà. Elle se détache, se rhabille d'un geste, elle est partie…

40

Anna règle la hauteur de l'échafaudage de fortune que Timothée et Marie-Jean ont monté pour elle. Elle travaille à la chapelle dès que la lumière est assez haute. Une lampe frontale l'aide parfois, qu'elle économise au mieux. Bientôt, il n'y aura plus de piles. Elle retrouve le temps de l'innocence, ses études interrompues à l'École du Louvre. Elle voulait alors restaurer les œuvres d'art. Les sauver de l'oubli. Quand le visage de Sid, qui venait l'attendre à la sortie des cours, réapparaît soudain, elle le chasse. Revient à son travail. À la *tempera* qu'elle a improvisée avec les œufs des poules et les pigments glanés sur les dernières plantes, aux parois de la montagne. Les deux frères la laissent faire, sans vraiment comprendre. Ils devinent simplement que tout cela les dépasse, que c'est au-delà d'eux trois. Comme une sorte de mission.

Raviver une teinte, redessiner l'ovale d'un visage, le pli d'un drapé, la ligne tombée d'une toge. Redonner forme à la figure d'un prélat inquiétant. Une sorte de Janus, tantôt solaire, tantôt ténébreux. Sid... Avec lui, on passait de l'ombre à la lumière en une seconde, la colère rôdait sous le bonheur, l'exilant sans cesse de lui-même, de son propre cœur. Les hommes ne sont pas différents des fresques. Derrière leurs gouffres et leurs blessures, derrière l'enfant malmené, les espérances fauchées, on distingue toujours l'éclat ancien. L'espoir. Peut-être l'amour. Anna est pareille à eux. Elle restaure la fresque afin de renouer des liens anciens. Si un pont vient à s'écrouler, il doit être relevé des décombres, c'est son travail. Les figures recouvertes de plâtre ou de suie, rongées par le salpêtre et l'humidité, corrodées par la guerre, l'indifférence, par la vanité et le silence aussi. Elles doivent retrouver la lueur, rayonner encore. Pour le temps qui reste.

Jour après jour, la restauration de la frise avance. Contrariée, périlleuse. Reconstituer les fragments éparpillés, rassembler les alluvions, sédimenter le passé. Lui redonner du sens. Non, une réalité tangible. C'est un travail en écho, des lueurs échangées.

Aux premiers jours, la frise n'était qu'un masque de suie derrière lequel Anna distinguait à peine une couleur ternie, une sarabande inexorable. Elle songe au parfum suri d'un fruit. On croit parfois distinguer encore l'été qui l'a fait mûrir. Sous les ruines, les murs insalubres, les décombres, elle a vu les joyaux à venir. Elle pense à Marie-Jean, et à elle aussi. Chez un homme, chez une femme, comment restaurer ce qui menace de s'effondrer ?

Elle s'attache depuis des semaines à la silhouette d'un lansquenet. Anna est captivée par l'apparition progressive du jeune homme emporté. D'abord les pieds, l'ébauche des chevilles, la peau très pâle. Puis les premiers liserés du vêtement. Un plissé de rouge sur la cuisse, gagnant la taille, rejoignant une tunique grise, très fine, presque transparente. Celle-ci dissimulant à peine un torse glabre que l'on devine battant. Affolé. Sur l'épaule à peu près nue, une étoffe du même rouge que le pantalon – une blessure, une trace de sang ? Enfin le cou, le visage de profil, les joues creusées, l'œil en amande. Il donne la main à un mort, qui l'entraîne…

Aujourd'hui, le voici révélé, rendu au monde des vivants qui viendront se recueillir ici. Combien de siècles auront passé ? C'est sans importance, le lansquenet nous tend la main. Anna est émue soudain, les larmes lui viennent, elle ne les retient plus. Ce n'est pas la tristesse, ni la mélancolie, mais autre chose, de plus puissant, qui la transperce. La sensation d'être encore écartelée, tentant chaque jour de réécrire son histoire. Il est temps de se rejoindre, de se rassembler.

Elle porte un enfant, il n'a pas d'avenir.

41

Elle pense souvent à lui. Au petit garçon. Elle se demande qui dira la joie du jeune Bastien lorsqu'il jouait avec son père. Quand il lui apprenait à reconnaître la trace du chevreuil au sentier. Lui montrait les dégâts causés par une harde de sangliers lors de son dernier printemps. Lui enseignait de quelle façon se frayer un chemin au milieu du gué, comment sauter d'un galet à l'autre, sa main minuscule dans celle de son père. Qui dira la confiance alors, et la tendresse, la complicité ? Qui dira la sérénité de l'enfant quand, le soir venu, Marie-Jean montait l'embrasser pour souhaiter une bonne nuit ? Et qui dira sa crainte, son effroi quand il voyait monter sur ce visage les vastes tempêtes qui menaçaient de tout emporter sur leur passage ? Lorsqu'il percevait sans savoir les effets de l'échec et de la tristesse inacceptable. Les seuls ennemis de Marie-Jean en somme, son intime déception.

Elle tente d'imaginer le visage de Bastien. Elle aimerait savoir s'il ressemblait à Marie-Jean. Elle pense à ce gamin et à Marie-Jean. Ignore ce qu'ils ont vécu ensemble. Mais elle veut croire que le jeune Bastien a eu le temps d'éprouver l'amour, la douceur dont son père était capable. Derrière la colère, la déception et la rage, quelque chose d'éperdu l'anime encore. Elle connaît cet innocent, cet homme écartelé qui se bat en vain pour rester debout dans un monde agenouillé. Fidèle à l'idée qu'il avait de lui-même – et qu'il a trahie. Un cœur pur. Un homme violent. Elle n'est pas sûre de l'aimer. Elle a peur de lui. Pour son enfant.

Un matin, elle le surprend dans la baïta. Il est assis sur le sol, son sac de sport à ses côtés. La lumière tombée du toit l'éclaire à peine. L'arête du nez peut-être, ses mains abîmées aussi. Il regarde le maillot de foot d'un gamin. Avec attention. Acharnement. Les épaules en avant, les coudes posés sur les genoux. Il se tient courbé autour de la douleur, comme s'il l'entourait, la protégeait. Comme si elle se déployait lentement en lui. Larges cercles concentriques qui peu à peu gagnent le cœur. Pareils à des mots auxquels on ne saurait plus renoncer. Marie-Jean laisse Anna s'asseoir à ses côtés. Elle devine son corps tendu, les muscles raidis, le bruit de la chaîne, le bruit de l'acier. Le fauve en lui, à peine retenu…

– Ce maillot… J'ai l'impression qu'il y a encore mon fils dedans.

– Que s'est-il passé ?

– Je ne suis plus le même depuis qu'il est… parti.

– À l'intérieur, tout au fond de toi, tu l'es toujours.

– Non, je ne crois pas.

42

Ils reprennent leur course. Cinq heures de marche, toujours plus haut, vers le nord. Après les landes désertiques, la voie ressemble à une longue ornière, s'élève vers des plateaux aux herbes brûlées, cernés par les courants ascendants. Il n'y a plus un rapace, plus un oiseau, plus un insecte dans le ciel. Des nuages éphémères se disloquent. Ils sont proches du but. Timothée veut absolument leur montrer avant la fin. Depuis quelques nuits, il est tiré du sommeil par des images, des sortes de vision. La certitude de leur disparition. Ou plutôt la certitude de l'extinction de tout ce qui fut, de tout ce qui est. Le sauvage, le vivant. Il le remarque depuis quelques semaines. Les brusques variations de température, les crues soudaines du torrent, les tourbières asséchées. Les tornades et les pluies diluviennes emportant tout sur leur passage. Et puis il y a ceci – qui l'inquiète davantage encore : cette poussière noire. Elle vole dans l'air par moments. On dirait de la cendre. Une cendre épaisse, lourde. Elle s'efface sitôt tombée au sol.

Timothée y voit un présage que les loups accompagnent. De plus en plus nombreux, amaigris, agressifs. Ils rôdent au plus près du hameau, de la baïta, s'aventurent au milieu du bourg. Ils ont tué les derniers chiens.

Timothée avertit son frère et Anna. Ils approchent à présent. Il sent leur fatigue, leur manque d'habitude malgré les six semaines passées à ses côtés. Anna trébuche. D'instinct, elle protège son ventre de la main, alors il sait, et devine aussi que Marie-Jean ne sait pas. Il ne dira rien, à quoi bon ? Ni avenir ni espoir. Il songe parfois qu'il faudrait tuer les enfants dès à présent. Qu'ils ne voient pas ce qui va advenir. Les tuer pour les sauver. Marie-Jean aide Anna à franchir la dernière faille sur la moraine. La grotte des Violettes la recueille à bout de souffle. Anna s'assoit face aux parois poreuses. Elle s'abîme dans la contemplation, elle lutte à peine. C'est comme une vision, une apparition, elle les regarde danser, ils sont tout près. Elle reste des heures devant ces longues silhouettes, jambes tendues, bras levés au ciel, corps tracés en rouge et coloriés de noir. Autour d'elles, on reconnaît des daims carmin, des fauves sombres…

Qui étaient-ils, ces hommes ? Des nomades, libres dès l'origine, ayant trouvé refuge au plus près des sommets, au cœur de grottes qui les protégeraient ? Timothée précise qu'il n'existe probablement aucune trace de leur passage. Nulle part. C'est la fonte du glacier qui a libéré les cavités dans la roche. Il a découvert les peintures rupestres par hasard lors de l'une de ses courses en montagne. Comme s'ils s'étaient évanouis, abandonnant des marques de couleur, scènes de chasse, rites funéraires à même des murs qui tombent à présent en poussière à mesure que l'oxygène envahit la grotte. Quatre mille ans ont passé.

Elle imagine ces hommes, dans leurs grottes, les nuits d'orage, et leur crainte, les rites chamaniques pour apprivoiser les éléments, pour s'apprivoiser eux-mêmes. Au plus profond des montagnes silencieuses, quelque chose vibre encore, la terre tremble sous le vent, alors elle a peur et s'approche au plus près des peintures.

Il n'y a rien à faire pour les sauver, l'oxygène, l'oxyde de carbone les rongent. C'est le retour au monde, à cette vie, qui les tue. Il est déjà trop tard. Et leurs vies ? Les traces préhistoriques, leurs existences, elles se ressemblent. De loin, elles paraissent entières, tenues, cohérentes, mais dès que l'on s'approche… la densité des couleurs s'évapore, la sûreté du trait se dérobe, la forme éclate. Ce ne sont que pigments étalés, grains de beauté gonflés, cancers inexorables.

C'est un sacrifice sur la rive, l'eau du torrent teintée de sang, une première étreinte, une chute de vélo, un pique-nique au soleil… C'est un souvenir d'enfant, une fête à l'école, les ripailles après la chasse… C'est le souffle des lances puis le fracas des armes, les peaux déchirées… C'est la porte d'une auto qui se referme sur elle comme un pétale d'acier bleu pâle, les cris de bonheur, les sanglots échappés, un seul écho. Des taches de soleil entre les branches, des flaques d'ombre répandues au sol, un gamin assassiné par son père, l'enfant qu'elle attend de cet homme en secret. Quelques bourrasques, un peu de pluie. Rien de durable, le temps des cauchemars, la vacuité des songes.

Toute la vie.

43

Il entend les moutons au hameau, les chèvres, combien en reste-t-il ? Moins d'une dizaine à coup sûr. Il les entend bêler, vagir, hurler. Il les entend crever. Leurs derniers souffles, les oreilles basses, l'échine soumise. Ils sont harcelés, courent en tous sens, l'affolement, la terreur sur l'herbe rase. Jusqu'aux ravins. Il devine les loups. C'est la fin, la porte des bergeries forcée, les enclos renversés par les brebis effrayées. Les plateaux d'estive maculés de sang. Il lace ses chaussures de montagne, saisit une torche, l'allume à la mèche de la lampe. Il court dans la nuit en direction des cris. La flamme découpe l'obscurité à grands traits. Éclaire son visage par instants. Les yeux creusés, la peur, les lèvres tordues. Il sait qu'il est trop tard. Mais il veut voir. Il glisse souvent, le sol se dérobe. La lande, les sentiers de montagne sont trempés. La neige, les plaques de neige. Il tombe, se relève, reprend sa course. Le jour approche. Repousse quelques pans obscurs entre les sommets. C'est un bleu puissant, d'encre et d'outremer mêlés. Il n'a plus besoin de sa torche, mouche la flamme dans le torrent, avance à l'instinct.

Le soleil brûle lorsqu'il arrive enfin. Deux heures de marche. C'est d'abord une brebis, sa dépouille, un peu à l'écart, traînée là par les loups. Sa gorge ouverte que le sang recouvre d'un voile épais. La terre, les touffes arrachées. L'odeur des fauves flotte encore dans l'air. Écœurante, tenace, de celles qui vous hantent longtemps. Il ferme les yeux de la brebis, comme on tourne le dos à l'espérance. Dans ses prunelles, il discerne un dernier reflet du ciel et des sommets.

Alors seulement, il se retourne. Un charnier sous le soleil levé. Les viscères, les boyaux, le sang coagulé. Des brebis aux panses ouvertes, mamelles arrachées. Parmi les cadavres, quelques-unes cherchent encore leurs petits. Un maigre groupe d'agneaux s'est réfugié sur un piton au-dessus du vide. Ils n'ont aucune chance de revenir. Il faudra qu'il les abatte.

L'odeur du sang, de pisse, de merde, d'affolement se répand dans la chaleur du jour. Puis les bruits lui parviennent. Les moutons, les chèvres ne sont pas tous morts. La plupart agonisent. Charpie. Amas bruissant des chairs. L'air leur manque, la douleur les mène à la folie, le sang les étouffe. Ceux du hameau accourent enfin, se ruent vers leurs bêtes. Il s'efface. Échange de regards. Il n'y a plus d'écart, de distance entre eux, d'incompréhension, de haine. Ils savent que l'histoire va s'achever très vite. Qu'ils sont tous condamnés. Seuls ensemble. Il les laisse à leur stupeur, à leur chagrin. Il rentre. À quelques encablures, accrochée au flanc de la montagne, une maigre harde de mouflons observe. Impassible. Il devra retourner à la chasse, tuer, dépecer, distribuer les morceaux de viande à ceux du hameau. Il n'y en aura pas assez pour l'hiver. Il lève les yeux vers le ciel, et l'absence le frappe. Pas un vol de rapaces, nulle trace de charognards. L'azur est vide. Seul le silence.

44

Ceux du hameau, ceux du bourg, tous, ils disent Nous ne savons plus chasser les loups. Depuis plusieurs jours, la traque n'en finit pas, vaine, absurde. Les hommes rentrent bredouilles, les femmes se terrent. Les combes, les bosquets, les plateaux sont ratissés. Les torches éclairent mal juste avant le jour, juste après le soir. Entre chien et loup, ils sont perdus, ne savent plus discerner, ne savent plus tracer une voie au cœur de la vie sauvage. Et même si celle-ci est à l'agonie, elle les domine encore, les soumet. Lorsque les plus aguerris perçoivent l'odeur des fauves, la peur les happe. Alors ils reculent.

Ils se relaient, leur torche au poing. Maintenant ils brûlent les bosquets, les bâtiments abandonnés, même les ruines sur les chemins d'altitude. Ils croient ainsi chasser les loups. Ils attendent, ils espèrent des armes du Carré Est. L'une des hordes est en route, c'est ce qui se dit. Certains prétendent que la meute se cache, change de territoire, qu'elle est passée dans un autre Carré. Mais certaines nuits, les hurlements résonnent longtemps à travers la montagne. Les maigres troupeaux paniquent et se jettent dans le vide. À l'aube, la traque reprend. Les hommes sont ivres de colère. Une sorte de chagrin les agite. Eux aussi comprennent. Il est inutile d'espérer. Timothée les observe de loin. Ne veut pas s'en mêler, garde ses armes dissimulées. Il voit la violence pénétrer le cœur de chacun.

Et puis soudain, un matin, en plein été, une neige noire s'abat sur la vallée, les sommets.

45

Elle ne peut pas s'en empêcher, elle se souvient, elle ne parvient pas à chasser les images, les souvenirs. Ses mains, son visage, sa queue. Le silence, le silence. Elle voudrait retrouver le silence aussi, mais il y a trop de tumulte en elle. Alors elle revient vers Sid.

Un dimanche soir, septembre ou octobre, une lumière épuisée déjà. Le jour s'atténue au-dessus des toits. Elle regarde tomber la pluie. Les gouttes zèbrent la vitre entrouverte, déposent sur le zinc des traces sombres. Taches léopard. Sid est lové contre elle, ils viennent de baiser. Elle sent ses hanches, son ventre humide, le foutre sur sa peau. Il reste quelques heures avant de rejoindre la nuit. Elle est heureuse, vaguement triste. Elle pressent que la fin est proche, qu'il la quittera sûrement, un jour. Aucune raison précise. Elle n'a jamais su faire confiance à la vie, au bonheur. C'est une étrange douleur, qui l'assaille. Pendant quelques secondes, Sid s'est éloigné d'elle pour se glisser dans le salon. Sa chevelure dessine un mouvement obscur contre le mur blanc. Comme un chiffon efface au tableau ce qui vient d'être écrit. Elle l'entend actionner le lecteur digital. À l'instant où il reprend sa place auprès d'elle, les premières notes se détachent. Elle retrouve son parfum, le grain de sa peau, la pulpe de ses lèvres, la marque humide des prunelles quand elle s'approche de lui pour l'embrasser. Elle le devine sans le voir, et ce bref exil, cet éloignement du regard lui arrache un frisson. Il est tout près d'elle pourtant. Ce n'est pas seulement Sid. Pas seulement ces minutes qui laissent abattu après le sexe. Mais autre chose, qu'elle ignore encore. Qui la bouleverse. La musique y a sa part. Une musique si ancienne qu'elle raconte un monde perdu dont elle est le dernier écho. Près de se dérober lui aussi. Pareil aux instruments disparus depuis longtemps, qu'on ne fabrique plus, et dont on a perdu les plans, l'art de les façonner. Le violoncelle et le piano, quelque chose qui passe en elle, la laisse démunie l'instant d'après. Elle ne s'était jamais sentie si nue, si fragile. Sur le point de rompre. Un cœur noir bat en elle. Elle ignorait l'abriter. Une sensation de perte intense et douce à la fois. L'impression d'une noyade acceptée. Désirée même. Un mur se fissure aux tréfonds. Une enveloppe se déchire. La voici vulnérable. Offerte aux silences, à la musique, au désir de Sid. Elle ne souffre pas. Ou plutôt, comme elle ne sait encore rien de cette souffrance, de cette brûlure, elle s'y abandonne. Elle a l'impression fugitive, mais d'une clarté absolue, de voir s'évanouir des pans entiers de son existence. Comme s'évanouissent les rêves et l'enfance. Le bonheur. Pour la première fois de sa vie, elle prononce ce mot. D'une voix si basse que Sid ne l'entend pas. C'est mieux ainsi. Elle connaît mal ce sentiment, ce relâchement. Elle le doit à Sid, et à lui seul. Alors elle se laisse envahir par une immense tendresse, une immense envie de pleurer. Elle secoue la tête sur l'oreiller. Retient ses larmes alors que la *Sonate Arpeggione* s'achève. Sid a perçu son trouble, il pose sa main sur celle d'Anna, s'arrime à elle. La tient en vie un court instant. Puis il ferme lentement les yeux.

Pas un mouvement. Le jour se dilue sur la vitre embuée. La nuit pose ses premières banderilles, accroche ses fanions aux paraboles, aux caméras de surveillance. Une sonate pour violoncelle et piano les rassemble encore. Pour elle, c'est comme si un passé dont elle ne sait rien venait l'ensevelir. Le harcèlement grave du violoncelle. Et surtout les échappées plus grêles, en suspens, dont l'écho la transperce longtemps après la dernière mesure.

Elle bouge lentement sur le lit, se tourne vers Sid. Il prend le visage d'Anna entre ses mains, l'embrasse avec une infinie douceur. Une douceur déchirante. Aussi tendre et cruelle que la sonate de Schubert. La musique, c'est jouer du silence. Et l'amour ?

Les sommets, le sentier devant elle se brouillent soudain. Ce n'est pas la pluie, ce n'est pas la neige. Elle essuie ses larmes d'un revers de main, accélère le pas vers la ligne de crête.

Toutes les personnes que nous avons été, toutes celles que nous avons croisées, leurs songes et leurs dépits... Nous préférons les taire, les noyer, les étouffer. Ce n'est pas seulement la honte ni les remords. Mais le passé est si lourd, pareil à la vase au fond de l'étang, pareil au breuvage s'épaississant au fond du flacon. Il ne supporte aucun mouvement. Que le silence, l'oubli le recouvrent. Eaux mortes refermées sous la pluie. Ainsi devenons-nous citadelles, ossuaires dérisoires. Nos existences ont infusé longtemps, bien avant notre arrivée, je crois, et nous avançons blessés, sans comprendre. La mélancolie, le mal, le chagrin ne se décident pas à quitter le monde, et nous manquons de courage pour les chasser. Nous ne pouvons échapper à ce destin : les transmettre à notre tour. Il faudrait grandir, vivre, apprendre à donner, à aimer, mais nous voici quelqu'un qui n'est personne. Accompagné par des fantômes. Lorsqu'ils s'effacent enfin, après les crépuscules d'ivresse, au terme des nuits de dope et de cul et de vapeurs, leurs voix cependant demeurent. Eaux de nouveau remuantes, étangs débondés, carafons brisés, qui recouvrent les quais, les berges, les nappes amidonnées, les rives sauvages. Jusqu'au silence. Juste après la violence.

Elle regagne la baïta après une heure de marche. L'enfant qu'elle porte, elle ne le gardera pas. Elle le tuera.

46

Le froid, le vent, l'air chargé de neige, quelques flocons au milieu d'une averse de pluie, les sentiers, les voies qui s'arrêtent soudain, au milieu de nulle part, entre les sommets et le cours du torrent qui serpente à sa source parmi les pierres et les herbes rases. Marie-Jean et Timothée se relaient en tête pendant des heures sous des nuages si bas qu'ils semblent monter des gouffres qui bordent la voie plutôt que descendre du ciel. On n'y voit guère plus loin que le bout de leurs bâtons. Anna grelotte, crucifiée par le vent. Cela fait longtemps déjà qu'elle ne compte plus les heures qui les séparent de leur arrivée au cœur de la vallée haute. Elle se rappelle mal leur départ sous la bruine. Avant l'aube probablement. Timothée voulait leur présenter quelqu'un, une sorte d'ermite qu'il avait découvert pendant l'une de ses sorties en montagne. Maintenant le soir tombe, à moins que le jour ne se soit jamais vraiment levé, elle ne sait pas. La tête lui tourne un peu, elle a par instants du mal à respirer. Timothée et Marie-Jean se portent tour à tour à ses côtés pour l'épauler. Timothée est inquiet, ne le montre pas. Il a compris très vite. Elle souffre du mal d'altitude. Si cela ne s'apaise pas, ils seront obligés de redescendre. Lorsqu'elle croise son regard, elle lève un pouce timide afin de le rassurer. Il se concentre à nouveau sur leur avancée, la marche, les pas qu'il assure sur la neige verglacée. Anna en profite pour l'observer. Elle voit un étranger, et elle aime cela. Sa force, impassible, sereine presque. Comme si elle irriguait aussi les veines de son frère. Marie-Jean, plus sûr de lui, qui semble retrouver des gestes anciens, le fil de sa vie. À d'autres moments, il paraît encore fragile, perdu même. Cependant, elle sent qu'il recouvre une énergie naturelle, qu'elle n'avait jamais connue, qu'elle guette désormais, qu'elle attend de voir émerger, pareille à ces grands mammifères marins qui jaillissaient soudain alors que les eaux alentour semblaient vides, étales, presque mortes. Qui serait-il alors ? Elle se sent prête à voir un homme naître.

Ils arrivent enfin dans un refuge sans nom, absent des cartes, pris par la brume. Timothée l'a repéré lors de l'une de ses sorties, l'a référencé sur son plan du massif. Il retrouve les parfums humides de bois brûlé et l'odeur forte des troupeaux de chèvres égarées là avant leur disparition. Anna s'endort serrée contre Marie-Jean sous une pile de couvertures rêches et sales. Elle se réveille au milieu de la nuit. La migraine. Des fourmis dans son bras gauche, jusqu'à l'engourdissement. Elle se dégage doucement de l'étreinte de Marie-Jean, part à la recherche de paracétamol, renonce très vite. Il n'y a rien ici. Il n'y a plus aucun médicament nulle part. Le froid. Elle retourne près de lui, incapable de trouver le sommeil, cessant de lutter contre les maux de tête. Elle essaie de se représenter la douleur sous la forme d'un cercle puis de le réduire peu à peu à la taille d'un point. Lorsqu'elle y parvient enfin, une aube grisâtre glisse sur le sol. Elle n'a plus aucune sensation dans son bras et ses doigts répondent à peine.

Les mains de Timothée tremblent, la flamme de l'allumette vacille un instant devant la bougie avant de s'éteindre, et son visage retrouve l'obscurité. Seuls ses yeux brillent dans l'ombre. Il sort du refuge sans un bruit.

Il attend Anna et Marie-Jean adossé au mur sud. Il n'a pas dormi, s'est laissé gagner par l'euphorie des cimes. Derrière les nuages épais, la haute silhouette du sommet K. Immuable. Massive. Elle l'attire, le rassure aussi. Il rêve d'une cigarette, voudrait inspirer de longues bouffées pour se réchauffer. Depuis combien de temps n'a-t-il pas fumé ?... Marie-Jean arrive près de lui. Ils parlent à voix basse. Leurs haleines dessinent des volutes bleutées. Elles s'échappent de leurs lèvres à peine entrouvertes, restent en suspens, comme si elles allaient geler sur place. Cercles ouatés qui finissent par se dissoudre lentement. Une pluie mêlée de neige s'abat sur le refuge. Les deux frères sourient, unis par cette impression de temps arrêté, de silence étendu sur tout le plateau.

Enfin, elle arrive. Timothée remarque aussitôt que quelque chose ne va pas. Anna croise son regard, il comprend qu'il doit se taire, ne rien dire à Marie-Jean. Elle a placé sa main paralysée dans la poche de son anorak. Peut-être ne le remarquera-t-il pas. Ils se mettent en route le ventre vide. Comme un signal, le jour se lève vraiment. Gris, terne, mais vibrant cependant d'un éclat particulier. Une teinte d'ardoise prête à briller. De pyrite, d'argent pris au cœur de la pierre.

À quatre mille mètres d'altitude, les sommets paraissent encastrés dans le paysage. Les hauts plateaux se dérobent sous les brumes. Le ciel est absent, le monde même s'efface, aspiré par le brouillard. Pourtant, la lumière est là, toute proche, qui court derrière le voile opaque. Elle dessine des formes étranges, oblongues. Détruites sitôt ébauchées. Anna colle son épaule contre celle de Timothée, cela l'aide à avancer, sa vue se brouille, elle se laisse guider, entre la peur et l'abandon. Ils marchent vers une cabane de madriers. Une courte cheminée laisse échapper une fumée âcre, vite emportée par le vent. Là, loin de tout, au cœur de la montagne, un homme veille le fantôme de sa vie. Ils baissent la tête pour passer le seuil. Seule une étroite fenêtre éclaire le sol de terre battue, les ustensiles de cuisine en bois accrochés au mur, les outils, les cordons de cuir. Les braises qui chauffent une marmite, une théière de fonte cabossée. Il leur offre un thé d'herbes des montagnes. Ses phrases sont justes. Laconiques. Elles rejoignent le crépitement du feu, le craquement des madriers, le silence vivant des anciennes maisons. L'homme a des mots très simples, très purs pour dire combien il aime sa vie de solitude, la présence de la montagne et de la nature. Avec pudeur, il évoque aussi sa « liberté », et Anna devine chez lui l'acceptation sereine des événements, de la vie comme elle va, comme elle meurt. Son sourire est celui d'un enfant. Il précise à voix basse que son prénom signifie *aimé de Dieu*. Théophile, ce prénom, elle l'emporte avec elle.

Anna perd conscience en sortant de la cabane. Le sommet du K. surgit au même instant, sa cime enneigée éclairant le ciel tout entier. Ils mesurent alors tout son empire. Marie-Jean porte Anna dans ses bras, trouve des mots pour elle seule, qu'il n'imaginait pas abriter encore. Des mots qui leur appartiennent.

47

J'étais à demi-consciente ce jour-là, l'altitude m'avait joué un mauvais tour. Le visage d'un homme dans son refuge m'avait bouleversée aussi. Ses rides profondes, cette carte inscrite sur son visage. Sa vie même. La paix intérieure. Ce renoncement qui n'est pas une défaite. Je ne saurais pas l'expliquer. Je sais seulement que cette échappée m'a modifiée. J'ai approché la plénitude, la sagesse. Et pourtant, j'allais mourir. Elles étaient partout présentes. Sur le plateau, dans les eaux remuantes du torrent, dans les gorges, les failles. Et puis, il y eut les mots de Marie-Jean ce jour-là. Le moment où il est redevenu un homme. Je pouvais sentir sa force retrouvée. Il me portait sans effort malgré l'altitude, il me rassurait, je pouvais me perdre, m'évanouir, j'étais dans sa chaleur, rien ne pouvait m'arriver. Marie-Jean était vivant. Je pouvais enfin laisser Sid s'éloigner. Lui dire adieu, peut-être.

Ma main, mon bras flottaient, ballants, contre sa jambe. Je ne sentais rien. C'est lui qui m'a raconté plus tard, à notre retour à la baïta, quand l'œdème cérébral a commencé de se résorber. Je me trouvais légère, comme si mon corps, mon âme auraient pu s'envoler sans effort. Je quittais le monde et la vie. Marie-Jean le sentait aussi, qui me parlait, d'une voix basse et si sûre qu'elle m'a ranimée, ramenée peu à peu.

Nous nous arrêtions par moments. Afin qu'il reprenne son souffle. Timothée a proposé de me porter à son tour, mais Marie-Jean a refusé. Je me souviens de sa main sur mon visage, qui allait de mon front à mes joues, de mon cou jusqu'aux yeux, m'apaisant encore, me réchauffant. Par instants, je pouvais presque le voir à travers mes paupières closes. Je le devinais, j'aurais voulu tendre la main vers lui, sentir son souffle sur mes doigts, mais c'était impossible. Parfois, je sombrais complètement. À l'instant de m'évanouir, la peur me gagnait autant que le désir de tout lâcher. Alors je m'accrochais à la voix de Marie-Jean, à ces mots tout simples qui m'ont sauvée, j'en suis sûre : je t'aime, tu ne mourras pas. Et il disait cela comme s'il s'agissait d'une seule et même chose. Je sais aujourd'hui que dire je t'aime, c'est dire à l'autre qu'il ne mourra pas.

Je suis restée plusieurs jours sous ma couverture, dans la baïta. Je me rappelle seulement la pluie qui ruisselait sur la fenêtre de la chambre. Je passais mon temps au lit. Lorsque je me réveillais, Marie-Jean était là. S'asseyait à mes côtés, m'embrassait sur le front.

48

À nouveau, la neige est noire. L'air est tout entier chargé de cendre. On n'y voit plus à dix pas. Alors ils restent dans la baïta, à l'abri du froid et du voile grisâtre qui étend peu à peu son empire sur la montagne, les sommets. Ils commencent d'avoir peur. Même Timothée.

Avec Marie-Jean, ils évoquent leur enfance. Ils revivent leurs vacances. La source de la Marne, le plateau de Langres. L'hiver, les ciels gris et bas. Ils s'approchent des troncs, se glissent sous les plus basses branches, apprennent l'odeur de l'écorce. Résine et miel, le parfum des feuilles, indéfinissable, entêtant. Ils s'agenouillent pour creuser à mains nues. Veulent atteindre le sol gelé. Puis, à l'aide de leurs canifs, ils vont plus profond jusqu'à l'instant où, enfin, ils peuvent sentir la respiration de la terre. Une haleine puissante, qui les écœure l'espace d'une seconde. Un mélange de chaume, de glaise fumée, de cuir. Ils ferment les yeux et la nature passe à travers eux. Le cri des oiseaux, le vol des oies sauvages, les chiens qui aboient au loin, même le bruit de leurs chaînes lorsqu'ils se démènent pour quitter les fermes et suivre une femelle en chaleur. Ils se rappellent aussi le mouvement furtif des lièvres qui s'enfuient, les daguets dissimulés à la lisière des grands arbres, la course des nuages qui jette un voile sur le plateau. La neige, le gel, le froid possèdent chacun un parfum. Ou plutôt ils laissent dans la poitrine et dans la bouche une haleine vive, presque acide, immédiatement adoucie par des notes plus lourdes. Pommes de pin, feuilles mortes et branches brûlées, portées par le vent.

Ce ne sont pas des souvenirs réinventés. Encore maintenant, ces parfums les assaillent de toute part. Les hantent. Leur présence, leur force, leur sensualité. Ils sont leurs uniques racines désormais.

49

Elle fait des cauchemars la nuit. Ils la laissent en sueur, épuisée. Un goût de gerbe et de sang dans la bouche. Ce ne sont pas de mauvais rêves. Mais sa mémoire, encore. Elle se souvient de son ventre comme d'une terre retournée. De l'assistante qui jette des bacs d'eau chaude sur le carrelage.

Sa jeunesse, son avant-guerre... Depuis l'interdiction de l'IVG par le dernier gouvernement constitué, sous la pression d'un référendum d'initiative populaire, les femmes ont retrouvé le chemin clandestin. Anna se souvient des traces rouges que laissent les linges sur les carreaux. De la douleur, des antalgiques qui manquent, des instruments souillés. De l'hémorragie qui menace de la tuer. *L'infirmière* qui officie ce jour-là refuse de la garder. Peur qu'elle claque dans sa cuisine. Peur des Brigades de Surveillance, des Tribunaux Citoyens, des juges en chasuble orange. Elle la ramène en voiture. L'assistante étale des serviettes sur la banquette arrière avant de l'installer. Qu'elle salope pas tout, cette petite pute – c'est ce qu'elle dit.

Anna est dans les vapes, c'est presque agréable, ça sent bon le velours neuf. *L'infirmière* a les moyens. Elle n'est plus toute jeune, on se passe son adresse. Elle est connue à sa façon. Mais personne ne l'apprécie vraiment. On lui est reconnaissante mais en même temps on lui en veut. Enfin, c'est ce qu'Anna ressent alors qu'elle se vide sur les serviettes, sur la banquette. L'infirmière et son assistante la montent jusque chez elle, la laissent sur son lit.

– T'es jolie comme un ange, dit l'infirmière en glissant les billets dans la poche de son manteau.

Anna pleure quand c'est fini, quand elle se relève enfin après trois jours de fièvre.

Anna pleure quand elle se réveille dans la baïta.

50

L'ordre est tombé dans la nuit. Ils se sont mis en route immédiatement. Ils campent en altitude depuis un moment. Alors ils se sont approchés sans un bruit de la baïta. Timothée n'a rien entendu, la montagne tremble autour de lui. Par instants, il croit percevoir au loin les murmures du torrent. Et puis autre chose, de plus profond, de plus ancien, qu'il ne sait nommer. Quelque chose qu'il ignore, mais qui pourtant lui manque. Deux hommes face à lui, deux nervis, ils ne font qu'obéir. Ils se sont rassemblés au creux de leurs propres poings. Cela dure depuis un moment. Ils l'ont suivi depuis le bourg trois jours plus tôt. Ont attendu que le type qui dort dans l'appentis s'éloigne avec sa gonzesse. Ils s'occuperont d'elle aussi, plus tard. Même châtiment que pour l'exilée. Ils lui écarteront les cuisses, lui ouvriront le cul. Mais pour l'heure, ils arrêtent de le détruire. Leur ombre se penche sur le mur, parmi les taches de sang. L'un d'eux lève enfin le Sig. Ils ne sont plus qu'un dans le même élan : punir. Donner la mort. Ils communiqueront ensuite, afficheront les images sur les Murs des Nouvelles. Comme un avertissement. Toute aide apportée aux étrangers sera sanctionnée, la litanie habituelle, le chapelet de haine et de peur.

Marie-Jean surgit dans la baïta, déjà il est sur eux, une lame à la main. Il frappe le premier à la trachée. Le second au plexus. Le sang gicle en spasme sur le sol. Il va détacher son frère, le porte jusqu'au lit de camp. L'écume carmin aux lèvres déchirées, les arcades ouvertes. Il connaît ce visage, c'est encore le sien.

51

Elle descend seule vers le bourg. Marie-Jean ne voulait pas, elle est partie quand même. Elle ne craint plus rien. Il est trop tard désormais, elle le sent. Leurs actes, leurs paroles, leurs gestes... Vains, sans importance, absolument inutiles. Il y a quelque chose dans l'air, qui la traverse, la transperce, comme un appel, comme une annonce. Il ne sert à rien de lutter. Se mettre en mouvement cependant, pour échapper à l'angoisse, ne pas songer à l'inéluctable. L'instinct de survie, une guenille en lambeaux, absurde. Il lui reste la marche, ce qui subsiste du paysage entre deux averses de neige, deux orages de grêle. Les éclairs rebondissent au loin contre les parois de schiste. Elle peut discerner l'arc électrique entre les sommets. Il zèbre le ciel couleur de suie. Elle se retourne un moment, observe la scène. Marie-Jean, sa silhouette dans la brume sale. Sur ses épaules, le cadavre de l'un des assaillants. Du sang coule encore de la trachée. À chaque pas, il sème alentour des taches d'un rouge assombri. La tête dodeline dans le dos de Marie-Jean et lui aussi est couvert de sang. Le corps fume encore. Elle a envie de gerber. Ne parvient pas à détacher les yeux du cadavre, de l'homme qu'elle pourrait aimer peut-être, ne sait pas, ne veut plus savoir. Il est trop tard à présent de toute façon. Dans sa main gauche, Marie-Jean tient une pelle. Il va enterrer le premier nervi, puis l'autre, un peu plus bas, sur le chemin des avalanches. C'est ce qu'ils ont décidé, avec Timothée. Histoire de gagner du temps. Il faudra s'enfuir de toute façon. D'autres viendront. Elle songe à quel point c'est étrange comme soudain Marie-Jean est revenu sur ses pas alors qu'ils s'éloignaient tous les deux de la baïta. Ses mots alors :

– Attends-moi ici ! Planque-toi.

Déjà, il courait entre les ornières, les rochers, se ruait vers la maison de son frère. Comme s'il avait senti que Timothée était en danger. Non, pas *comme si*. Marie-Jean l'avait vraiment éprouvé. Quelque chose en lui s'était déplacé, comme un objet au rebord de la fenêtre menace de tomber. Mouvement du cœur, de l'âme ? Injonction du sang.

Maintenant, Marie-Jean disparaît complètement dans la brume avec son fardeau. Une pluie fine vient cingler le visage d'Anna. Elle laisse sur sa peau des taches sombres, on dirait du suif. Elle hâte le pas, le bourg est encore loin.

Ils sont une centaine, peut-être un peu plus. Ils se pressent, se bousculent, se poussent, et certains tombent à terre. Alors les autres leur marchent dessus pour accéder au Mur des Nouvelles. Les lettres sont peintes de noir, larges, grandes, tracées avec exactitude. Elles ont quelque chose d'officiel, qu'on ne saurait remettre en cause. Peut-être parce que chacun s'y attend depuis longtemps à présent. Peut-être aussi parce que ces informations ne sont suivies d'aucun ordre, d'aucune consigne. Rien à voir avec ces nouvelles scandées, bousculées, bouleversées par la rumeur. Les faux espoirs, la terreur entretenue par les hordes, les fausses informations – pareils à des laisses, mors et jougs. Celles-ci, dans leur violente simplicité, dans leur concision, dans leur parfaite calligraphie, ont la puissance nue de la vérité.

Celles, ceux qui les ont lues quittent le Mur l'air absent, les yeux vides. Pas de cris, pas de larmes, nulle colère. Les épaules abaissées, la poitrine enfoncée. Les bras si ballants – on dirait qu'ils touchent terre, qu'ils ont mille ans. Pareils à ces sculptures de Giacometti, jadis. Tous, ils rompent au tréfonds. Ils s'affaissent.

Anna s'approche enfin du Mur. Elle lit lentement. Puis relit. Chaque syllabe, chaque mot. Chaque phrase. Qu'elles s'inscrivent en elle, effacent la moindre parcelle de doute. Fer rouge, stigmates, clous enfoncés.

1. Iakoutsk. Sibérie. On rapporte des cas d'anthrax mortels.

Suite au dégel local du permafrost, la variole a réapparu. D'autres virus, inconnus, sont susceptibles d'apparaître encore et de se propager.

Munissez-vous de masques. Ne laissez aucun étranger pénétrer sur vos territoires, dans vos maisons. Restez chez vous. Priez.

2. Urgent. L'observatoire du volcan de Yellowstone signale un abaissement soudain de la caldeira. Le sol se déforme de manière considérable. Le magma est en mouvement vers la surface. L'éruption est imminente. On observe que les derniers animaux vivants, notamment les bisons, fuient les alentours du volcan. Les fissures laissent déjà échapper les cendres magmatiques. Leur volume est estimé aujourd'hui à 250 kilomètres cubes. Elles se propagent autour de la planète au gré des courants d'altitude. Peu après l'éruption, elles parviendront à masquer le soleil et plongeront la terre dans l'obscurité. Nous rentrerons dans une nouvelle ère de glaciation. Les émanations toxiques du volcan rendront l'air irrespirable. Le dioxyde de soufre détruira la couche d'ozone. Il est inutile de chercher à fuir. Restez chez vous. Priez.

Anna s'éloigne rapidement. Demain n'existe pas. La minute d'après, seulement. Et encore, comment être sûre ? Elle trouve sur un étal ce qu'elle cherche. Des bandes de tissu, des onguents pour les plaies de Timothée, qu'elle échange contre quatre œufs. Elle regagne la baïta, écarte toute pensée en se concentrant sur chaque pas. Par instants, elle passe une main sur son ventre. Perçoit un mouvement. Ce qui reste de vie. Parfaitement grotesque.

52

– Ils vont revenir, tu le sais… Timothée ! Ils te tueront. Ils nous tueront…

– Je sais… Ils en enverront d'autres. C'est pour ça, il faut que vous partiez. Emmène-la avec toi. Sauvez-vous.

– Non. C'est à moi de rester. Je vais prendre ta place.

– Qu'est-ce qui te prend ? T'es dingue ? Partez maintenant ! Il est encore temps.

– Je vais rester, mon frère. Ils me tueront à ta place, et cela n'a aucune espèce d'importance.

53

Elle repose la lame, rince le mauvais savon qui recouvre son pubis. Elle passe sa main sur son ventre. Éprouve longuement la sensation de se reconnaître enfin. Une odeur de sueur et de savon flotte dans l'air. C'est au moment de sortir du bac qu'elle le sent. Un coup de poing ou de pied. L'enfant bouge quelques secondes, se retourne peut-être dans son sommeil, ou s'éveille à peine. Comment deviner ? Elle ne connaît rien de lui.

En cinq mois, personne n'a rien remarqué. Sa silhouette est la même, elle a dû prendre deux kilos, son ventre est plat. Elle mène une grossesse invisible. Le bébé semble le comprendre et l'admettre. Il trouve une place dans le corps de sa mère, à l'insu de tous. Il y a eu des moments d'affolement, la peur que « ça » se voit. Une sorte de honte aussi. Impossible de nommer autrement cette impression. Plusieurs craintes se mélangent. Anna se perd dans ce labyrinthe.

D'abord la culpabilité. Elle ne voit pas Marie-Jean s'occuper d'un gamin, encore moins l'élever. Il ne parle plus jamais de son fils. Elle sait qu'il lui manque. Le hante. Le remords et son fils, deux jumeaux. Quand ils descendent au bourg, il détourne les yeux dans la rue quand jaillissent devant lui, happés par leurs jeux, des enfants en haillons. L'équilibre est précaire. Mais ils tiennent debout ensemble. Deux murs qui menacent de s'écrouler, et se soutiennent dans l'attente du séisme. Parce qu'ils savent tous deux, depuis le début, que le danger les guette, les piste. Qu'ils seront rattrapés. Peu à peu, ils sont devenus l'enfant l'un de l'autre.

Le bébé frappe encore. Anna doit s'asseoir sur le rebord de la baignoire de fortune. Elle pense *m'asseoir sur le bord de la mémoire*. Le passé se dérobe pour de bon. Il lui reste la montagne, le torrent pour s'échapper, se dépouiller. Jusqu'au dénuement. Elle pense à leur existence, à tout ce dont ils ne voulaient plus. À leur fuite en avant. Avec ce rêve de changer radicalement. Comme les reptiles peut-être abandonnent leur peau dans un fossé, au détour d'un chemin. *Au détour d'un chagrin*. Anna n'aime pas ces irruptions de l'inconscient. Elles sont impossibles à fuir. Comment peut-on vivre et abriter tant de fantômes ? Comment tenir sa vie ? Ce chagrin, elle ignore s'il s'agit du sien ou de celui de Marie-Jean. Il ne lui confie rien, au fond. Des pans entiers de son existence lui restent inconnus. Marie-Jean demeure un étranger. Depuis leur rencontre, depuis qu'elle l'a sauvé, il tourne lentement le dos à la vie. C'est pour cela qu'il veut prendre la place de Timothée. Ce n'est pas de l'amour, ce n'est pas un sacrifice. Pas seulement.

Le tonnerre gronde au-dessus des collines.

Les souvenirs ne s'éparpillent pas. À présent, c'est comme si elle abritait deux mémoires. Le bébé s'agite. Trois destins à poursuivre. Elle n'en aura pas la force ni le courage. Cela demande trop d'espoir. L'espérance, les hommes l'ont tuée depuis longtemps.

Anna marche vers la nuit. S'attache au silence, apprivoise les secondes, les minutes, une demi-heure. Tente de repousser la peur. Elle allume une cigarette d'herbes. L'air glacé se mêle à la fumée, un léger nuage s'échappe de ses lèvres, elle pourrait pleurer. Elle sourit, essaie au moins. Rassemble quelques fagots, deux ou trois bûches. Un loup hurle au loin, d'autres lui répondent, leur dialogue durera jusqu'à l'aube. Il commence à neiger.

Anna rentre trempée de sa promenade. Une veine bat à sa tempe, ses yeux paraissent plus verts, plus profonds. Elle s'assoit en tailleur devant les flammes, son long châle noir dessine une corolle autour d'elle. Seule sa nuque, pâle, creusée, est visible – minuscule îlot de fragilité. Un frisson la parcourt, imperceptible, peut-être le froid. Anna se redresse, se ressaisit dans la seconde. Elle laisse le châle près du feu, fleur froissée, humide et lourde. Son pas résonne sur le sol. Un mouvement du ciel dehors, un geste des nuages à travers la fenêtre, un rai de lumière au sol, la lune – on dirait qu'elle l'a voulu. Maintenant les flammes s'élèvent dans la cheminée, se tordent sur les dalles de pierre. Les fenêtres ont la couleur de l'étain. Elle approche son visage, puis ses mains, du foyer. Elle est presque sereine, quelque chose va se produire, elle n'a presque plus peur. Le feu s'éteint, la nuit l'entoure, elle peut la toucher du doigt. Elle sait ce qu'elle fera. Demain. Dans une poignée d'heures.

54

Elle ne répond pas. Ils la cherchent partout, vers les combes, sur le plateau, la lande. Les cris, les appels de Marie-Jean, leur écho solitaire. Les blessures de Timothée l'empêchent de mêler ses appels à ceux de son frère. Les arcades, ses lèvres ont cautérisé, et Marie-Jean a replacé d'un coup sec la cloison nasale. Seule sa mâchoire le fait encore souffrir. Il ne peut pas crier. Et puis, il a compris. Ils ne la trouveront pas. Elle a laissé ses affaires dans l'appentis, la baïta. La dernière fois qu'ils l'ont vue, elle était songeuse devant le feu. Ils n'ont pas voulu la déranger. Plus tard, Marie-Jean l'a attendue dans l'appentis, au creux de leur lit. Puis il s'est laissé emporter par le sommeil. Au matin, la place d'Anna était froide à ses côtés. Lui aussi, il sait. Quelque chose lui est arrivé, elle ne reviendra pas. Les hordes, d'autres nervis l'auront chopée sur le chemin. Elle aimait sortir avant l'aube, marcher seule. La montagne et la solitude aussi. Quelque chose se tord en Marie-Jean, dans sa poitrine, lui tord le cœur. Ce qui coule sur son visage, la vue brouillée soudain. Il songe à tout ce qu'il n'a pas fait, les gestes, à tous les mots qu'il a gardés pour lui, à tout ce qui ne sera pas vécu. Cela lui aurait plu, peut-être, aurait éclairé son visage, ses yeux verts, soulevé d'émotion ses seins, leur aréole si claire. Il aurait pu l'aimer, le lui dire. Ils auraient pu vivre. Le temps qui restait, elle et lui. Ce qui l'étreint, l'empoigne, le fouille. Pire que la peine : le remords. Il crie encore. Il appelle encore.

Mais seul le silence.

55

Elle entend leurs appels au loin, leurs cris. Elle devine le sanglot au fond de la gorge de Marie-Jean. Elle avance encore, elle est nue. Elle se tient quelques centaines de mètres au-dessus d'eux. Là où le torrent est le plus pur, le plus sauvage. À cet endroit précis, il prend appui sur un léger promontoire, ménage une cavité profonde où il semble se rassembler avant de se jeter dans le vide. C'est le parapet qu'elle a choisi. L'eau glacée la saisira, puis elle sera emportée. Son crâne enfoncé contre le roc.

Elle inspire une dernière fois. Mais l'air déjà n'est plus que poussière. L'eau, le froid la captent, souffle coupé. Les mollets, les cuisses, sa vulve, les hanches. Cela va si vite. Tout est si simple. Les seins, les épaules, le menton. Ses yeux. Le monde, la vie s'éteignent dans un goût de cendre. Puis le fracas sourd du torrent. Une dernière image. Le visage de Sid. Enfin, le choc.

Disloquée.

56

Il y met une sorte de grâce. Même de douceur. Lorsqu'il a soulevé la tête de leur proie pour y passer le licol du tire-gibier, il a bien pris garde de ne pas lui briser la nuque, comme si elle pouvait ressentir encore, les entendre, souffrir encore. Il l'a tirée dehors, jusqu'au premier tronc. Traînée de sang dans la neige, la boue. Et cette buée qu'exhale la charogne. Puis il a pointé sa lame juste au-dessus du pubis, a piqué là, à cet endroit précis. L'espace d'une seconde, il a revu son apprentissage, les cours de CAP boucherie, avant que les épidémies n'emportent le bétail, avant qu'il ne reste que des sangliers. Tous porteurs du virus CHAN1. Il se souvient des massacres, des brasiers, de l'odeur dégueulasse des chairs brûlées, et comme leurs lames s'érodaient contre le poil dru, sale, des sangliers. Leurs mains pleines de sang, ils les nettoyaient à l'alcool. Même ceux qui avaient pensé à porter des gants de cuir pour se protéger. Qu'elles soient parfaitement désinfectées. Malgré toutes leurs précautions, les masques sur la bouche, le nez, certains hommes étaient emportés en quelques jours par le virus des porcs sauvages. La fièvre, les convulsions, la terreur dans leurs yeux. Parfois, il valait mieux les achever. Puis brûler leur corps, leurs maisons.

Il glisse la lame sous la peau, glisse un doigt, puis deux, et remonte jusqu'à la trachée. C'est peut-être le moment qu'il préfère. Sentir la chaleur intime, ce qui palpite encore de vie, ce qui s'éteint dans l'étrange vibration du vivant qui s'acharne. En vain. En se penchant sur la dépouille, il peut distinguer son visage en reflet dans les prunelles. Ce qui le frappe, c'est le calme, l'apaisement même, répandu dans ce regard. Ce dernier regard. Ces yeux-là, qu'ont-ils vu, malgré la souffrance, la torture, qu'ont-ils vu juste avant la fin ?

D'un coup sec, il brise le sternum avec sa lame. Ouvre complètement le cadavre de leur proie. Les autres se détournent toujours à ce moment. Certains vont même gerber. Ainsi, il est seul avec la mort, et c'est ce qu'il préfère. Un grand calme l'envahit alors, il est à sa place, il détient le pouvoir absolu. C'est toujours à lui que revient le coup de grâce. Puis de dépecer. Cette fois-ci, pourtant, quelque chose le dérange. Cette paix étrange, qui flotte encore dans les yeux de la proie. Pour la première fois depuis qu'il tue, depuis le début des troubles en somme, il baisse les paupières de l'homme.

Marie-Jean les attendait. Assis dans la pénombre, au centre de la pièce, sur la chaise de son frère. Il n'a pas esquissé le moindre geste quand ils l'ont attaché. Déjà, il n'était plus là. Encore un moment, et il retrouverait enfin son fils. Bastien le guettait, l'appelait depuis si longtemps. *J'arrive, mon fils, j'arrive*. Ils portent des gants de cuir sombre, les coups-de-poing américains scintillent sur l'agneau. Ils s'attachent d'abord au visage, sur lequel ils ont remarqué les marques anciennes. Les cicatrices ouvertes à nouveau, les plaies béantes d'où le sang jaillit, gicle alentour. Ils épargnent ses yeux, car il doit tout voir. Et eux, ils veulent observer l'avancée de l'effroi sur les prunelles de la proie. Ils adorent ça, là est leur plaisir. Mesurer leur pouvoir, la puissance. Mais Marie-Jean n'est plus dans la baïta depuis longtemps. Il rejoint les berges de la Marne où son fils l'attend. Il le cherche dans les bois, il cherche la tombe de fortune où il l'a enseveli. Parce qu'il ne voulait pas laisser dériver son corps à la surface de la rivière. Voilà, elle est ici, sous le saule penché, la face amère du feuillage. Les genoux dans la boue, il redresse la modeste croix qu'il avait préparée avant d'emmener son fils dans les bois, avant de le tuer.

L'homme trouve la trachée, la sectionne d'un coup. Les autres fument un peu plus loin, font passer une flasque d'alcool. Ils nettoient leurs gants, les poings américains dans la neige. Le boucher extirpe les tripes, les viscères, il fait attention à ne pas rompre les intestins.

Marie-Jean est muet devant la sépulture, il plonge les mains dans la terre comme s'il voulait étreindre son fils encore une fois. *La dernière, la dernière, je T'en supplie.* Il ne sent plus les coups, la zébrure des rasoirs sur sa poitrine, ses bras, ses jambes. La peau lacérée, le sel jeté sur les blessures. Il a retrouvé son fils. Il veut lui demander pardon. Quelques minutes plus tôt, il le plongeait dans l'eau glacée de la Marne. Le gamin ne se débat même pas. On dirait qu'il sait pourquoi son père le tue. Pour le protéger. Il a froid, ce n'est pas l'eau, mais le vent, la nuit, les bois. Il s'arrime aux yeux de son père, c'est son refuge. Son dernier foyer depuis que les hordes ont brûlé la maison de ses parents, depuis qu'ils ont emmené sa mère dans la chambre, depuis les cris, les hurlements, ses appels.

Le couteau juste au-dessus du pubis. Il incise sèchement, pénètre les chairs. Ses genoux appuyés sur les cuisses écartées de Marie-Jean. Il brise d'un coup les cartilages de la symphyse pubienne. Ses mains sont couvertes de sang, brûlantes. Puis il remonte à la trachée, la saisit. Tire l'ensemble des organes, qu'il balance sur la terre gelée. Il les regarde fumer un instant, et cela fait marrer les autres, toute cette merde répandue. Un homme, c'est rien d'autre que ça. Il retourne les viscères, à la recherche du foie, du cœur. Une fois coupés, il les replace dans le cadavre de Marie-Jean.

Le gamin observe son père, il est dans ses bras, il a peur, il a confiance, c'est son père. Ils quittent la rive, s'enfoncent dans l'eau jusqu'à la taille de Marie-Jean. Ils s'arriment chacun au regard de l'autre. Il y a tant de peine, de chagrin, de remords dans ce monde. Puis Marie-Jean plonge

Bastien dans la rivière, le maintient sous la surface moirée. Le gamin ne se débat pas, presque pas, il serre les bras de son père, ses ongles pénètrent dans la chair de son père, il le regarde jusqu'au bout, les lèvres serrées d'abord, puis les joues gonflées, jusqu'à ce qu'il ouvre enfin la bouche, que l'eau envahisse ses poumons, prenne toute la place, tout l'air, toute la vie. Ses yeux ouverts encore, ils fixent son père, *je comprends, papa, je comprends.*

L'homme lave ses mains dans le torrent, la lame du poignard. Une écume écarlate ourle vaguement les flots. Puis, avec les autres, ils emportent le cadavre, le sanglent sur le capot du pick-up. Ils le laisseront sur la place du bourg, offert. Une sorte d'avertissement, de rappel à l'ordre. Parce qu'ils savent aussi qu'à la nuit tombée, la population viendra se battre pour un morceau de barbaque.

Leur empire est total désormais.

57

Il grimpe. Écoute pour la dernière fois ce que disent encore les pierres, les parois, les fissures. Ce murmure profond le soumet. Quelle autre loi ?

Il abandonne encore son frère aux confins de la vie, de la solitude, de la violence. Si cet endroit existe et qu'il a un nom, alors ce sera exil. Celui que Marie-Jean aura choisi. Sa malédiction, son châtiment.

Il songe à sa maison, il l'a relevée de ses mains, et ce fut comme une seconde naissance. Dans chacune des pierres, derrière la porte, les fenêtres tendues de peau, il s'est dépouillé de sa jeunesse absurde, de l'arrogance de l'enfant prodige condamné à racheter la déroute de son père, poussé à fuir pour se sauver. Du traître aussi, qui a cru trop longtemps à la réussite, à la reconnaissance. Tous ceux-là ont disparu, il veut le croire. Les blessures, l'éloignement, les silences l'ont épuré. L'altitude.

Il grimpe. Jadis, il pouvait observer la trace des avions dans le ciel. Les destins se croisaient. Qui emportait l'amour avec soi, qui le gardait, le préservait ? Qui le protégeait ? Voilà ses questions d'alors. Et aujourd'hui, qu'emporte-t-il avec lui ? Et qui le sauve ? Marie-Jean ? Son frère, sa victime, son alter ego. Lui-même ?

Bientôt, il n'y aura plus aucun écho de lui sur terre. Ses parents, son frère, leurs amis, tous auront disparu. Cette légèreté radicale... Le voilà désormais sans mémoire. L'ordre éclaté d'un monde, le sien. Une langue sauvage.

Il grimpe. Reconnaît le chemin tracé peu après son arrivée. La voie qu'il a ouverte. Il ne s'assure pas, délaisse les cordes, plus rien ne le retient. Le désir, les gestes sûrs, les phrases remplacées par le silence, l'action. Pas à pas, prise après prise, aller vers l'essentiel.

Il pourrait se tuer dès maintenant, y laisser sa peau. Qu'importe, il n'y a plus d'avenir pour personne désormais. Derrière lui, la vague de cendres échappée de Yellowstone déferle sur tous les territoires, les océans, voile déjà le soleil et plonge la planète entière dans l'obscur. Il lui reste un peu de temps. Il grimpe.

Parvenu au sommet, il grave le prénom de son frère dans la poussière, sur les dernières traces de neige. D'abord le *M* en majuscule, jusqu'au *n* final. Neuf lettres, un tiret, que le vent et la cendre effacent enfin.

Tout est bien.

Dans la même collection

EQUINOX

Racket, Dominique Manotti, mars 2018
Un feu dans la plaine, Thomas Sands, mars 2018
Ceci est mon corps, Patrick Michael Finn, avril 2018
Mamie Luger, Benoît Philippon, mai 2018
Requiem pour Miranda, Sylvain Kermici, septembre 2018
Présumée disparue, Susie Steiner, octobre 2018
L'Éternité n'est pas pour nous, Patrick Delperdange, octobre 2018
Les Féroces, Jedidiah Ayres, novembre 2018
L'Étoile du Nord, D.B. John, janvier 2019
Mauvais œil, Marie Van Moere, janvier 2019
La Vague, Ingrid Astier, février 2019
Paradigma, Pia Petersen, février 2019
Cherry, Nico Walker, avril 2019
Ma douleur est sauvagerie, Pierric Guittaut, avril 2019
Le Triomphant, Clément Millian, mai 2019
Glory Hole, Frédéric Jaccaud, mai 2019
L'Icône, Thierry Marignac, septembre 2019
Personne inconnue, Susie Steiner, septembre 2019
La Meute, Thomas Bronnec, octobre 2019
Le Second Disciple, Kenan Görgün, novembre 2019
City of Windows, Robert Pobi, janvier 2020
Donbass, Benoît Vitkine, février 2020
C'est pour ton bien, Patrick Delperdange, février 2020
Joueuse, Benoît Philippon, mars 2020
Marseille 73, Dominique Manotti, avril 2020
Milliame Vendetta, Bernard Munoz, avril 2020

L'exemplaire que vous tenez entre les mains
a été rendu possible grâce au travail de toute une équipe.

Édition : Aurélien Masson
Couverture et conception graphique : Alain Blaise et Mélina Bourgoin
Logo de la collection : Killofer
Illustration : Yann Legendre
Correction : Fabrice Émont, Isabelle Paccalet et Anaïs Pournin
Mise En Page : Soft Office
Photogravure : Point 11
Fabrication : Maude Sapin avec Lucie Le Bon
Commercial : Pierre Bottura
Relations libraires : Damien Nassar
Presse/communication : Jérôme Lambert avec Axelle Vergeade

Diffusion : Élise Lacaze (Rue Jacob diffusion), Katia Berry
(grand Sud-Est), François-Marie Bironneau (Nord et Est),
Charlotte Jeunesse (Paris et région parisienne), Christelle Guilleminot
(grand Sud-Ouest), Laure Sagot (grand Ouest),
Diane Maretheu (coordination) et Camille Saunier (ventes directes),
avec Christine Lagarde (Pro Livre), Béatrice Cousin
et Laurence Demurger (équipe Enseignes), Fabienne Audinet (LDS),
Bernadette Gildemyn et Richard Van Overbroeck (Belgique),
Nathalie Laroche et Alodie Auderset (Suisse),
Mansour Mezher (grand Export)

Distribution : Hachette

Droits France et juridique : Geoffroy Fauchier-Magnan
Droits étrangers : Sophie Langlais avec Anne Zunino
Librairie : Laurence Zarra
Animation : Sophie Quetteville
Envois aux journalistes et libraires : Vidal Ruiz Martinez
Comptabilité et droits d'auteur : Christelle Lemonnier,
Camille Breynaert et Christine Blaise
Services généraux : Isadora Monteiro Dos Reis

Du même auteur

Un feu dans la plaine, Les Arènes, 2018

Photographies

thomassandstraveler@exposure.com
thomassandstraveler@steller.com

© Les Arènes, Paris, 2020
Tous droits réservés pour tous pays
Les Arènes
17-19, rue Visconti, 75006 Paris
Tél. : 01 42 17 47 80
arenes@arenes.fr
www.arenes.fr

Achevé d'imprimer sur les presses de l'imprimerie Normandie Roto Impression s.a.s.
à Alençon (Orne) en décembre 2019.
ISSN : 2609-7966
ISBN : 979-10-375-0055-7
N° d'impression : 1905577
Dépôt légal : Janvier 2020